김엄지

1988년 서울에서 태어났다.
2010년《문학과 사회》신인문학상에 단편소설 「돼지우리」가 당선되어 등단했다.
소설집『미래를 도모하는 방식 가운데』와 에세이집『소울 반띵』(공저)이 있다.
동인 '무가치'로 활동 중이다.

주말,
출근,
산책
:어두움과 비

주말, 출근, 산책 : 어두움과 비

오늘의 젊은 작가 08

김엄지
장편소설

민음사

차례

생일

E는 생일 기념으로 스케일링을 하기로 결심했다. 결심을 하고 나자 곧 뿌듯해졌다.

영 좋지 않네요. 탄산음료가 가장 안 좋아요. 치과 의사가 E의 입속을 뒤적이며 말했다.

단것 좋아하지 않습니다. E가 대답했다.

오늘 생일이세요? 의사가 E에게 물었다.

네. 생일입니다. E가 대답했다.

생일이라도 술 드시면 안 돼요. 의사는 E에게 스케일링 후에 주의할 점 몇 가지를 말했다.

4번 치아와 12번 치아의 충치 범위, 금이 간 앞니의 미래와 매복해 있는 사랑니가 어떤 각도로 삐뚤어져 있는지, 사랑니의 삐뚤어짐이 전 치아에 미치는 영향에 대해서, 의사는 말했다.

우울하군요. E는 우울해졌다.

치료하면 됩니다. 의사는 웃었다.

돈이 없습니다. E가 웃으며 의사에게 말했다.

어쨌든 생일 축하합니다. 의사가 E의 어깨를 한 번 주물렀다.

감사합니다. E는 물로 입을 헹궜다.

E는 치과를 나와 건물의 복도를 걸었다.

치과 옆에는 내과가 있었다. 내과 옆에는 피부과가, 피부과 옆에는 정형외과가 있었다. 그리고 정형외과 옆에는 이비인후과가 있었다. 연쇄적인 알코올 냄새. E는 복도의 끝에서 끝으로 천천히 걸었다. 다만 복도가 길고 밝았다. E는 오늘 무얼 더 할 수 있을지 생각했다. 잠이 오는 것도 같았다. 배가 고픈 것도 같았다.

E는 4번 치아와 12번 치아의 상관관계에 대해서, 금이 간 앞니의 미래에 대해서 생각했다.

미래라니.

매복해 있는 사랑니의 음모.

E는 거기까지 생각한 뒤에 건물을 완전히 빠져나왔다.

E는 하늘을 올려다보았다. 하늘은 검고 구름은 알 수 없는 빛으로 무리 지어 흘렀다. 곧 눈이 올 수도 있었다. 이제 겨울이 된 것이었다. 그는 겨울에 태어났고, 하늘이 검은 이유는 눈이 올 수도 있기 때문이었다. 그는 새 우산을 사기로 결심했다. 결심을 하고 나자 곧 뿌듯해졌다.

그는 좋은 우산의 조건을 생각하며 걸었다. 좋은 우산이라면, 크고 팽팽해야 했다.

그가 걷는 동안 하늘은 점점 더 어두워졌다.

치과 의사가 말한 치료를 모두 하려면 6개월 치 월급이 필요했다. E는 저축해 놓은 돈이 없었다. 만약에 내가 저축을 했더라면 지금쯤 결혼을 할 수 있었을까? 그는 생각해 보았다. 했을 수도 있겠군. 만약 저축을 했더라면 그는 결혼을 했을 수도 있었다. 그러나 그가 결혼에 대한 동경을 갖고 있는 것은 아니었다. E는 저축하지 않은 것에 대해서 크게 후회하지 않았다.

E는 배가 고파서 무엇을 먹어야 할지 고민스러웠다. E는 생일과 어울리는 무언가를 먹고 싶었다. 그는 곧 짜장면이 좋겠다고 결론을 내렸다. 짜장면은 그가 좋아하는 음식이었다. 그는 매년 그의 생일에 짜장면을 먹었다. 생일이 아닌 기념일에

도 짜장면을 먹었고, 점심시간에도 흔히 짜장면을 먹었다.

E는 자주 가는 중국집으로 향했다.

중국집의 홀 안은 검정과 빨강으로 인테리어 되어 있었다. 그는 구석에 자리를 잡고 앉아 짜장면을 주문했다. 홀 안의 텔레비전에서 기상예보가 방송되고 있었다. 큰 눈이 내릴 것이라는 예보였다. 그는 크고 팽팽한 우산을 상상했다. 큰 눈을 막아 줄 크고 팽팽한. 어떤 색이 좋을까. 그는 검정색이 좋겠다고 생각했다. 짜장면이 테이블에 올랐고, 그는 그의 턱 밑으로 짜장면 그릇을 끌어당겼다. 고춧가루를 잔뜩 뿌린 뒤에 한 손으로 휘두르듯이, 두어 번 만에 짜장면을 비볐다. 그가 가볍게 손목을 움직일 때 마다 짜장면의 갈색빛은 강하게 윤기를 냈다. 짜장면 소스는 그가 뿌린 많은 양의 고춧가루 때문에 자색 빛이 돌기도 했다.

짜장면은 더부룩한 맛이지. E는 짜장면을 더부룩한 맛에 먹었다.

우산을 사야 해. 검정색으로. 그는 검정색 우산을 사기로 결심했고.

우산을 어디서 사야 할까. 그는 검정색 우산을 어디에서 사야 할지 고민했다.

E는 짜장면 값을 계산하고 중국집에서 나와 하늘을 올려다보았다. 곧 눈이 올 것이라고 확신했다.

큰 눈이 오는 미래.

E는 미래에 대해서 생각했다.

미래라니.

크리스마스가 되겠지. 머지않은 E의 미래에 크리스마스가 있었다. E는 크리스마스에 여자를 만날 것이었다. 그에게는 일주일에 두 번 혹은 세 번, 만나는 여자가 있었다.

미래

E는 여자에게 줄 선물을 사기 위해 백화점으로 갔다.

E는 에스컬레이터를 타고 6층으로 향했다.

E는 두 개의 장갑 중에서 고민하다가 처음 마음에 들었던 것을 선택했다. 그는 상품권을 내고 2000원을 거슬러 받았다. 상품권만으로 장갑을 해결할 수 있어서 다행이었다.

크리스마스가 되었고, 크리스마스가 될 때까지 E는 새 우산을 사지 않았다.

크리스마스가 될 때까지 눈은 오지 않았다. 하늘의 구름은 언제나 무리 지어 흘렀다.

크리스마스에 E는 여자에게 장갑을 선물해야 했는데, 여자와 연락이 되지 않았다. 그는 여자에게 여덟 번 전화를 걸었고 다섯 통의 메시지를 보냈다.

크리스마스 저녁이 되었을 때, E는 그날의 첫 끼니를 해결하기 위해 짜장면을 주문했다. 짜장면을 다 먹은 뒤에 이를 닦으면서, 금이 간 앞니와 삐뚤어진 사랑니에 대해서 생각했다.

크리스마스 다음 날, 여자의 휴대폰은 꺼져 있었다.

전화비를 내지 못했군. E는 전화비를 내지 못해 여자의 휴대폰이 끊긴 것이라 생각했다. E는 여자에 대해 아는 것이 많지 않았기 때문에 달리 연락할 방법이 없었다.

크리스마스가 지나고, E는 지인들에게 연말 선물을 받았다. 그는 책과 목도리, 와인을 받았는데, 와인은 받은 그날 혼자 다 마셨다. E는 안주로 고등어를 구워 먹었다. 환기가 잘 되지 않았다.

E는 부모와 형제, 상사, 동료들에게 줄 연말 선물을 고민하다가 모두에게 양말 세트를 선물했다. 그는 겨울의 분주함에 익숙했다.

12월 29일 저녁, E는 동료들과 소고기를 구워 먹었다.

동료들은 12월 31일의 계획에 대해서 이야기했다.

동료 a는 여자와 바다엘 간다고 했다.

동료 b는 친구들과 술자리가 있다고 했다.

동료 c는 고향으로 가겠다고 말했다.

나는 산에 갈 거야. E가 동료들에게 말했다.

E는 새해 첫날 등산을 하고 싶었다. 그에겐 겨울 산에 대한 동경이 있었다. E는 겨울 산에 가 본 적이 없었고, 동행할 사람도 없었다. 없어도 괜찮았다.

동료들은 연말의 피곤함에 대해 이야기했다. 여자를 만나는 것도 피곤하고 친구를 만나는 것도 피곤하고 부모를 만나는 것도 피곤하다는 이야기였다. E는 동료들의 이야기에 공감했다. 동료들의 이야기는 가끔 공감되기도 하는 것이었다.

나는 혼자 있을 거야. E는 31일과 1일에 혼자 있을 수 있음에 대해 자부심을 느꼈다.

동료들은 취하지 않은 채 집으로 돌아갔고, E는 약간 취했지만 동료들과 마찬가지로 그래, 그럼, 하고 뒤돌아섰다.

E는 동료들과 헤어진 뒤에 렌터카를 예약했다. 1월 1일 새벽에 렌터카를 타고 산 밑까지 갈 것이었다. 이른 새벽, 산 밑에서 김밥과 어묵을 먹을 계획이었다.

12월 31일 점심시간에 E와 동료들은 도로 교통 상황에 대해 이야기했다. 평소와 크게 다르지 않을 것이라는 의견과, 평소보다는 정체될 것이라는 의견이 있었다.

막히겠지, 막히겠어. E는 생각했다.

업무가 끝나고 E는 정시에 퇴근했다.

퇴근길에 그는 마트로 향했다. 마트의 베이커리 코너에 케이크가 쌓여 있었다. 쌓여 있는 케이크 상자 뒤, 유리 너머로 제빵사가 새로운 케이크를 만들고 있었다. 제빵사는 반복되는 몇 가지 손놀림으로 케이크를 장식했다. E는 케이크를 좋아하지 않았다. E는 마트의 2층으로 향했다. 마트 곳곳이 사람들로 북적였다. 카트와 카트가 부딪쳤고, 가끔 멈춰 서 있어야 했다.

E의 카트 안에는 헤드 랜턴과 아이젠, 목장갑, 초콜릿, 커피 믹스가 담겨 있었다. E는 카트 안에 물건을 넣을 때마다 뿌듯했다. 그는 까다롭지 않은 방법으로 뿌듯함을 느꼈다.

E는 집으로 들어가 뜨거운 물로 샤워를 한 다음, 침대에 누웠다. 새벽 3시 30분에 알람을 맞추고, 잠들기 전 여자에게 전화를 걸었다. 여자의 휴대폰은 켜져 있지 않았다.

그는 12시가 되기 전에 잠들었다.

그는 잠깐 꿈을 꾸었다.

미래

그는 1월 1일 새벽 3시 30분에 일어났다. 더 자고 싶었지만 더 자지 않았다. 알람이 울렸을 때 단호히 일어나 미지근한 물로 세수를 했다. 마트 안에서 사 온 랜턴과 아이젠 목장갑을 가방에 넣었다. 뜨거운 물을 담은 보온병과 커피 믹스, 초콜릿을 챙겼다. 삶은 달걀을 가져가야 할까 고민하다가 가져가지 않기로 했다. 그는 반팔, 셔츠, 카디건 위에 파카를 입었다. 타이즈 위에 코르덴바지를 입었다. 밤색 양말을 신고 그 위에 검정 양말을 신었다. 운동화 끈을 모두 풀었다. 발을 넣은 뒤에 다시 단단하게 매었다.

E는 새벽 4시 10분에 집을 나섰다. 집 밖의 가로등 몇 개가 켜져 있었고, 가로등 밑에 쓰레기봉투가 세워져 있었다.

E가 빌린 차는 은색 경차였다. E 외에도 산으로 향하는 사람은 많았고, 그는 산 밑 주차장에서 정체를 겪어야 했다. 그는 주차가 서툰 편이었으나 무사히 주차를 마쳤다. E는 계획대로 산 밑 매점에서 김밥과 어묵을 먹었다. 아직 캄캄한 새벽이었고, 그의 입김이 사방으로 하얗게 흩어졌다. 김밥과 어묵 맛이 좋았다.

그는 산에 오르기 위해 목장갑과 헤드 랜턴과 아이젠을 착용했다.

정상까지는 얼마나 걸립니까? E가 매점 주인에게 물었다.

두 시간 반에서 세 시간 걸립니다. 부지런히 올라가세요. 주인이 대답했다.

E는 해를 보기 위해, 허벅지에 힘을 주고 걷기 시작했다.

산을 오르는 사람들은 모두 헤드 랜턴을 착용하고 있었다.

E가 착용한 것과 같은 공장에서 생산된 제품들이었다.

E는 잘 올라갔다. 그와 비슷한 시기에 출발한 사람들보다 빠르게 산을 올랐다. 그는 새벽 산의 어두움을 전혀 개의치 않았다. 랜턴으로 비춰 환하게 보이는 곳만 보고 걸었다. 그는 보이는 곳만 밟으면 된다고 생각했다. 그는 자기 걸음으로 다섯 보 앞의 길에 빛을 비추며 걸었다. 그의 랜턴 빛이 비추지 않는 어두움 속에는 산비탈과 절벽, 바위가 있었다.

E는 쉬지 않고 올라갔다. 등이 땀으로 젖었고 두피에서 흐른 땀이 코와 입으로 흘러내렸다. 그의 숨소리에서 쇳소리가 났다. 폐가 약하군. 그는 스스로 그렇게 진단했다. 나는 어릴 때부터 폐가 약했어. E는 이제부터 폐를 관리해야겠다고 생각했다. 그의 새해 첫 결심이었다.

산속은 어두웠고, 가끔 여자들의 말소리가 들렸다. E가 소리 나는 곳을 향해 고개를 돌렸을 때, 거기에 한 무리의 랜턴 빛이 있었다. 아주 가까이에 있는 빛 같았으나, 또 아주 먼 곳의 빛 같기도 했다. E는 목이 말랐다. 그는 멈춰 선 뒤 고개를 돌려 사방을 살펴보았다. 그가 그 자리에 서 있는 동안 한 남자와 많은 여자가 그를 지나쳤다. 그들은 떠들며 한 줄로 산을 올랐다. E는 평평한 바위에 앉았다. 그리고 뜨거운 물이 담긴 보온병에 커피 믹스를 넣었다. 그는 천천히 마셨다. 그는 너무 오래 앉아 있으면 안 된다고 생각했다. 그러나 온몸의

땀이 마를 때까지 앉아 있었다.

한 순간 몸이 떨렸고, E는 다시 산을 오르기 시작했다.

쉬지 않고 32분을 더 올랐을 때 센바람이 불기 시작했다. 바람이 불어 닥칠 때마다 그는 가던 길을 멈추고 나무에 기대었다. 그리고 고개를 들어 하늘을 봤다. 굵은 나뭇가지가 흔들리고 있었다. 이마에서 시작되는 빛은 하늘의 어디까지가 닿을까. E는 생각했다. 어디까지. 그는 눈을 감았다. 산 정상에서는 더 큰 바람이 불겠지. 그는 더 세고 더 큰 바람을 상상했다.

E는 안내 표지판을 보고 나서 그가 산중턱까지 왔다는 것을 알게 되었다. 해가 뜨기 전에 정상에 올라야했다. 땀이 뻘뻘 흘렀고, 목이 말랐다. E는 한꺼번에 물을 너무 마시지 않으려고 노력했다. 그러나 그는 가져온 물의 반 이상을 한꺼번에 마셔 버렸다. 그가 물을 마시는 동안 한 남자와 한 여자가 그를 지나쳐 산을 올랐다. 그는 산을 오르는 여자의 뒷모습을 보았다. 여자는 단화를 신고 있어 발목이 드러나 보였다. 여자의 발목을 보았을 때 E는 한기를 느꼈다.

정상까지는 얼마나 가야 합니까? E는 산중턱 공터에 천막을 치고 있는 남자에게 물었다.

한 시간 정도 더 가야 합니다. 천막을 치던 남자가 대답했다.

한 시간 후에는 해가 뜰 것이었다. E는 서둘러야 한다고 생각했다.

천막을 치고 있는 남자 옆에 개 한 마리가 엎드려 있었다. 그는 서둘러야 했지만, 개에게 다가가 개의 등을 쓰다듬었다.

몇 살입니까? E는 천막을 치고 있던 남자에게 개의 나이를 물었다.

한 살이 안 됐습니다. 남자가 대답했다. E는 서둘러 산을 올라야 했는데, 자꾸 개의 등을 쓰다듬었다. 개가 마음에 들었던 것이다. 개는 제법 덩치가 컸고, 얌전한 편이었다.

이름이 뭡니까? E가 개의 주인에게 물었다.

이름 없습니다. 개 주인이 대답했다.

아. 그렇군요. E는 그렇게 말한 후에 다시 정상을 향해 산을 오르기 시작했다.

E는 다시 땀에 젖었다. 바람은 더 거세어졌다. 정상은 아니었는데 그가 상상했던 것보다 더 세고 더 큰 바람이 불었다. 바람은 그를 떠밀어 죽일 것처럼 몰아쳐 불었다. 그리고 그는 정말 바람에 떠밀려 산비탈로 구를 수도 있었다. 그는 잔뜩 고개를 숙이고 걸었다. 어깨를 움츠렸다. 산길은 갑자기 가팔라졌다. 갑자기 크고 작은 돌들과 미끄러운 길이 나타났다.

E의 주위에는 아무도 없었다. 그는 목이 말랐는데 물을 더 마시지 않았다. 정상에서 물을 마셔야 했다. E는 조금씩 날이 밝고 있는 것을 느꼈다. 그는 뒤를 돌았다. 사위가 푸르게 밝

아지고 있었기 때문에, 그는 비탈과 절벽, 바위를 볼 수 있었다. 그는 정상으로 가기 위해 차갑게 얼어 있는 바위를 기어올라야 했다. 바위에서 바위로 뛰어넘어야 했다. 바위와 바위 사이는 비탈로 미끄러지는 허공이었다. 허공에서 찬바람이 시작되고 있었다.

E는 마음이 조급해졌다. 큰 바위 몇 개를 더 기어오르고 더 뛰어넘어야 했다. 뒤로 넘어진다면 절벽과 같은 비탈에 굴러 떨어질 것이었다. 앞으로 넘어진다면 금이 간 앞니가 바위에 부딪힐 것이었다. 그는 어떻게도 넘어지고 싶지 않았지만 미끄러져 잠깐 휘청였다. 휘청거렸을 뿐이었지만, E는 곧 뒤통수가 깨지거나 앞니가 부러질 것이라는 확신이 들었다. 그는 겁이 났다.

E는 더 올라가지 말아야겠다고 생각했다. 그는 쉽게 포기했다. E는 바위 밑에 쭈그려 앉았다. 해가 뜨고 있었다. 해는 E의 등 뒤, 바위의 뒤에서 떠올랐다. E와 상관없이 점점 더 밝게 떠올랐다. 그는 날이 밝고 있는 것을 알고 있었다. E는 헤드 랜턴을 벗어 집어던져 버렸고, 랜턴은 산비탈로 아무렇게나 굴러떨어졌다. E는 던져진 랜턴을 바라보며 한숨을 쉬었다. 그는 랜턴을 다시 주워야 한다고 생각했다. 만약에 랜턴이 까마득한 아래로 떨어졌다면 그는 그것을 줍지 않았을 것이다. 그러나 랜턴은 눈앞의 비탈로 너무나 가볍게 굴러떨어졌

을 뿐이었고, E는 기다시피 비탈을 내려갔다. E는 바람에 떠밀려 산비탈로 기어 내려갔다. 그는 무섭기도 하고 화가 나기도 했다. 무엇이 무섭고, 무엇이 화가 나는지는 알 수 없었다. 무슨 소용이람. 그는 랜턴의 소용을 알 수 없었다. 하지만 E는 랜턴을 주워 다시 전원을 켰다. 그리고 건전지가 빠져나갔다는 것을 알게 되었다. 건전지는 비탈 어디에도 보이지 않았다. E는 건전지를 포기했다. 그는 건전지가 빠진 랜턴을 다시 이마에 착용했다. 이마가 허전했기 때문이었다.

이마.

이마라니.

날이 쉽게 밝았다. 그리고 앞으로 더 밝아질 것이었다. E는 손과 발이 시렸다. 사람들의 함성 소리가 들려왔다. E는 소리가 나는 곳을 향해 고개를 돌렸다. 그러나 그의 등 뒤에는 커다란 바위뿐이었다. 바위 뒤로 해가 얼마나 떠올랐는지 E는 볼 수 없었다.

E는 배가 고팠다.

E는 추웠다.

E는 좀 자고 싶었다.

해를 뒤로하고 내려가야 했다.

E는 하산하는 길에 산중턱에서 초록색 천막과 흰색 개를 다시 보게 되었다. 천막 아래에서는 누더기 같은 외투를 입은

남자가 컵라면을 팔고 있었고, 열 명쯤 되는 사람들이 그 앞에 줄지어 서 있었다. E는 천막 아래로 들어갔다.

얼마입니까? E가 갈색과 회색, 검정으로 얼룩진 외투를 입은 남자에게 물었다.

5000원입니다. 남자가 대답했다.

하나 주십시오. E는 만 원을 냈다.

기다리세요. 주인남자가 말했고, E는 열 명이 넘는 사람들과 함께 천막 아래에서 손을 비비며 서 있었다. 일행이 있는 사람도 있었고, 혼자인 사람도 있었다. 해를 보았겠지. E는 자신을 제외한 천막의 모든 사람들이 해를 보았을 것이라고 생각했다. 들뜬 목소리와 환한 표정. E는 사람들의 얼굴에 희망이 담겨 있다고 생각했다. 해를 본 사람들만이 그럴 수 있는 것이었다.

E는 두 손을 맞잡고 서서 가벼운 제자리걸음을 했다. 그는 추웠다. E는 천막 한구석에 엎드려 있는 개에게 다가갔다. 이름이 뭐니? E는 개의 등을 쓰다듬었고 개는 대답하지 않았다. E가 개의 등을 쓰다듬는 동안 E의 컵라면에 물이 부어져 나왔다.

잔돈을 주십시오. E는 컵라면을 받아 들고 나서 주인 남자에게 말했다. 주인 남자는 들은 체도 하지 않았다. E는 잔돈 받는 것을 포기하기로 했다. E는 개의 옆에서 컵라면을 먹었다. 맛이 좋았다. 컵라면을 다 먹은 후에 개를 한 번 더 쓰다듬고 천막을 떠났다.

E가 천막을 나서고 얼마 지나지 않아 비가 내리기 시작했다. 비는 바람을 타고 한 방향으로 치우쳤다. 비는 빠르거나 느리게 내렸다. E는 빗길에 넘어질까 걱정되었다. 그는 앞으로도 뒤로도 넘어지지 않으려 애쓰며 산을 내려왔다.

집으로 가는 차 안에서 E는 눈물을 흘렸다. 정상에 가지 못해서가 아니었다. 해를 보지 못해서도 아니었고, 잔돈을 받지 못해서도 아니었다. 그의 울음은 대부분 모호했다.

E는 집으로 들어가자마자 뜨거운 물로 샤워를 했다. 그는 허벅지와 가슴팍이 벌겋게 달아오르도록 오랫동안 뜨거운 물을 맞았다. 뜨거운 물을 맞고 서 있어도 사지가 덜덜 떨렸다. 침대에 누워도 사지가 덜덜 떨렸다. 이불을 덮었으나 살갗에 소름이 돋았다. E는 벽을 보고 모로 누웠다. 몸을 움츠린 그는 자위를 하고 싶었는데, 너무 피곤해서 그만 잠이 들어버렸다.

그는 잠깐 꿈을 꾸었다.

잠에서 깬 그는 꿈을 기억하지 못했고,

E에게는 여러 통의 메시지가 도착해 있었다. 동료들과 상사, 형제가, 그의 복을 기원하는 메시지였다. 해를 찍은 사진을 첨부한 메시지도 있다.

거기 해가 뜨고 있었군. E는 메시지에 첨부된 사진을 보며 생각했다.

나는 지금 잠에서 깼어. 그가 사람들에게 답장을 했다.

선잠

E는 잠깐 꿈을 꾸었다.

네가 태어난 곳은 어디지?

꿈에서 E는 추궁당했다. 그는 언덕에 대한 확신이 있었다. E가 확신하는 언덕은 금색 풀이 잔잔하고 끊임없이 부는 바람이 빛의 결을 바꾸는 곳. 하지만 E는 대답하지 못했다. 믿어 주지 않을 것 같았다.

제가 태어나려고 태어난 게 아니고요.

E는 다른 말만 했다.

변명하지 마. 네가 태어난 곳은 어디지?

추궁당하는 동안 E는 슬픔을 느꼈다. 무엇에 대한 슬픔인지는 알 수 없었다. 그는 슬픔에 대해서 깊이 생각해 본 적이 없었다.

나는 슬픔에 익숙한 사람이 아닙니다. 다그치지 마세요. E는 울 것 같았다. 그러나 그는 참았다. 다그침은 멈추지 않았다. 더욱 크고 집요하게.

네가 태어난 곳은 어디지? 대답하지 않으면 팬티를 벗겨 DNA를 채취하는 수밖에! 목소리는 협박조였다.

DNA 검사는 팬티를 벗겨야만 가능합니까? E가 반박했다. 곧 그의 팬티가 벗겨졌다. 동시에 DNA검사가 진행되었다.

언덕에서 태어난 무가치로군.

그의 출생지는 빠르게 밝혀졌다. E는 모든 것이 확실해졌다고 생각했다. 그는 울기 시작했다. E는 발가벗겨진 채로 눈물을 흘렸다.

그는 얼굴을 일그러뜨리고 울었다. 그는 어깨를 들썩이면서 울었다. 그는 턱을 떨면서 울었다. 이가 부딪쳤고, 금이 간 앞니가 부러질 것 같았다. 그래서는 안 된다고 생각했다. 그는 이를 악 물었다.

새벽에 그는 선잠에서 깼다. E는 빗소리에 잠이 깬 것이라 생각했다. 그는 창을 열고 담배를 한 대 피웠다. 가로등과 전봇대 아래에 세워진 여러 쓰레기봉투 중에, 그는 그가 버린 쓰레기봉투를 알아보았다. 알아보게 되는 윤곽, 그 내용. 쓰레기 수거일이 지났지만 며칠째 쓰레기는 수거되지 않았고, E는 청소부들의 파업을 상상했다. 쓰레기봉투에 빗물이 떨어지는 소리가 요란했다. 산에서 시작된 비가 그치지 않았다. E는 창문을 닫았다.

그는 침대로 돌아가 벽을 보고 모로 누웠다. 그는 더 자고 싶었다. 더 자고 싶은 이유에 대해서, 편두통과 눈의 피로, 늘 무기력한 상태에 대해서, 그는 나이가 들고 있기 때문이라고 생각했다.

출근

1월 3일, E는 출근길에 한 무리의 비둘기와 마주쳤다. E는 비둘기들이 뜨는 해를 보았을 것이라고 생각했다.

사무실의 동료들은 연말의 분주함과 일출에 대해서 이야기했다. 그는 동료들의 얼굴에 희망이 담겨 있다고 생각했다.

비가 멈추질 않아. 동료 a가 말했다.

멈추질 않네. 동료 b가 말했다.

새벽에 잠깐 그쳤었어. c가 말했다.

점심시간에 E의 동료들은 비에 대해서 이야기했다.

라면을 먹자. E가 동료들에게 제안했다. a, b, c는 동의했다.

라면 가게의 내부는 사람들로 가득했다. 빈 테이블은 없었다. E와 동료들은 10분간 대기해야 했다.

정말 10분이면 됩니까? a가 라면 가게의 직원에게 물었다.

조금 더 지체될 수도 있습니다. 직원이 대답했다.

E는 라면 가게 직원의 얼굴에 희망이 담겨 있다고 생각했다. 해를 본 것이라고, 확신했다.

라면 가게의 전면 유리에 하얗게 습기가 차올랐고, 가게의 내부는 복잡하고 시끄러웠다. 테이블과 테이블 사이가 좁아 사람들은 옆으로 비켜서서 움직여야 했다.

E와 동료들은 12분이 지났을 때 구석 테이블에 앉을 수 있었다.

E와 동료들은 자리를 잡은 뒤에 메뉴판을 살펴보았다. 그들은 오늘의 라면으로 메뉴를 통일했다. b는 치즈를 추가로 주문했다. 오늘의 라면은 5분 뒤에 테이블에 올려졌다. a, b, c, E는 각자의 그릇에 집중했다.

그런대로 먹을 만해. 라면 그릇을 거의 비웠을 때, a가 말했다.

그래. 그런대로 괜찮아. b가 라면 국물까지 모두 먹은 뒤에 말했다.

아니, 오늘은 짰어. c가 말한 뒤에 물을 머금은 채 입을 헹궜다. 그리고 그것을 삼켰다.

오늘의 라면은 짠맛이군. E가 말했다.

커피는 내가 살게. a가 말했다.

고마워. E와 동료들은 커피를 마신 뒤에 사무실로 돌아갔다. 비가 멈추지 않았다.

오후 업무 중에, 2시 28분부터 2시 59분까지, E는 책상에 엎드려 잠을 잤다. 아무도 그를 깨우지 않았다. E는 대체로 잘 참는 성격이었으나, 예외적으로 졸음을 잘 참지 못했다.

업무가 끝난 뒤에 E와 동료들은 새우튀김과 청주를 마시기로 했다. E는 튀김요리를 좋아했다. E의 발걸음은 가벼워졌고, 가볍게 걷던 그는 언 길에 미끄러져 넘어졌다. a, b, c는 넘어지는 E의 모습에 소리 내어 웃었다. 그리고 곧 그를 걱정했다.

괜찮은 거야? a가 넘어져 누워 있는 E에게 물었다.

머리를 다친 건 아니지? b가 넘어져 누워 있는 E에게 물었다.

일어나 봐. c가 누워 있는 E에게 말했다.

괜찮아. E가 길바닥에 누워 대답했다. 대답한 뒤에 그는 자리를 털고 일어났다. E는 꼬리뼈가 아팠지만 괜찮다는 말을 서너 번 더 했다. E는 정말 괜찮다고 생각했다. 앞으로 넘어졌다면 앞니가 부러졌을 것이었다. 앞니가 부러지지 않은 것을, 다행이라고 생각했다. E가 괜찮다고 여러 번 말했기 때문에 동료들은 그를 걱정하지 않았다. E는 어정어정 걸었다.

E와 동료들은 일본식 선술집으로 들어갔다. 그들은 새우튀김과 감자 크로켓, 청주와 맥주를 주문했다. E는 의자가 너무 딱딱하다고 생각했다.

의자가 너무 딱딱해. E가 말했다. 그의 말에 동료들은 한 번씩 의자를 쳐다보았다. 적극적인 성격의 a는 의자를 발로 차 보기도 했다.

아주 튼튼해. a가 말했다.

이런 의자는 얼마나 될까? b가 말했다.

값나가겠지. c가 말했다.

E는 앉은자리에서 허리를 곧추세웠다. 허리에 힘을 빼기도 했다. 어떻게 해도 꼬리뼈가 아팠다. 욱신거리고 시큰하며 저릿했다. E는 꼬리뼈에 신경을 쓰고 싶지 않았다. 그래서 그는 열심히 새우튀김과 크로켓을 먹었다. E는 맥주와 청주를 섞어 마시기도 하고, 각각 작은 잔과 큰 잔에 따라 마시기도 했다. 동료들은 E가 평소보다 더 빨리, 더 많이 마시고 있음을 알아차렸다.

기분 좋은 일 있어? a가 E에게 물었다.

아니. E가 대답했다.

기분이 좋지 않은 거야? b가 E에게 물었다.

아니. E가 대답한 후에 맥주를 마셨다.

많이 마셔. c가 E의 빈 잔에 맥주를 따랐다.

그래. E는 동료들의 빈 잔에 맥주를 따랐다. E와 동료들은 잔을 부딪쳤다.

E와 동료들은 기분이 좋았다. 금요일 밤이었기 때문이었다.

실컷 먹자고. a가 말했다.

나는 내일 오후 1시까지 잘 거야. b가 말했다.

나는 내일 오후 5시까지 잘 거야. c가 말했다.

잘못 넘어진 것 같아. E는 동료들에게 꼬리뼈의 욱신거림과 시큰거림과 저릿함에 대해 설명했다.

병원엘 가 봐, a가 말했고, 술을 더 마셔 봐. b가 말했다. 일요일 아침까지 푹 자고 일어나면 다 나을 것이라고, c가 말했다. E는 일요일 아침까지 푹 잘 수 있을지 자신이 없었다.

E와 동료들은 실컷 맥주를 마셨다.

세상에는 예쁜 여자가 많아. 취한 a는 느리게 말했다.

세상에는 예쁜 여자가 존나 많아. 취한 b는 목소리를 높여서 말했다.

세상에는 씨발 예쁜 여자가 존나게 많은데. 취한 c는 발음이 부정확했다.

E는 동료들보다 더 취했기 때문에 대화에 참여할 수 없었다. 그는 졸았다. 그는 설핏 잠에서 깰 때마다 더 자고 싶다고 생각했다. 잠에서 깰 때마다 어지러웠고, 토할 것 같았다. 그리고 꼬리뼈가 아팠다. 그는 잠에서 깰 때마다 혹시 일요일 아침이 된 건 아닐까 하는 마음에 손목시계를 확인하기도 했다. E는 문득 집으로 돌아가면 빨래를 해야만 한다고 생각했다. E는 주말마다 빨래를 해야만 한다고 다짐했다.

동료 a, b, c는 예쁜 여자에 대해서 오래 이야기했다. 예쁜 여자와 그들의 상관관계에 대한 이야기가 주를 이루었다. a는 예쁜 여자와의 가능성을 긍정적으로 이야기했다. a는 실제로 정말 예쁜 여자를 두어 번 만나기도 했다고 말했다. 정말 예쁜 여자와도 언제든 잘 수 있다고, a는 말했다. b는 정말 예쁜 여자와 자는 것을 시도는 해 보았지만 정작 성공한 적은 없다고 말했다. c는 정말 예쁜 여자와 자 보았지만 다 개년이라는 결론을 내렸다.

E는 예쁜 여자에 대한 동료들의 대화를 듣기도 하고 듣지 못하기도 했다. 동료들의 예쁨에 대한 묘사는 그리 구체적이지 못했다. 만약 예쁨에 대한 동료들의 묘사가 성공적이었다면, E는 예쁜 여자가 나오는 꿈을 꿀 수도 있었다. E는 고개를 끄덕거리면서 졸았다. E의 동료들은 그의 고갯짓을 동의의 뜻으로 알아들었다.

E와 동료들은 새우튀김과 크로켓, 맥주와 청주를 모두 다 먹었다. 그들은 접시와 병을 모두 비운 후에도 길게 이야기를 나눴다. 동료들이 이야기를 하는 동안 E는 충분히 졸다가 잠에서 깨어났다. 완전히 깨어난 E는 아직 일요일 아침이 되지 않았다는 것을 알게 되었다. E는 꼬리뼈가 아팠다.

아무래도 병원엘 가야겠어. E가 말했다.

그래. 병원엘 가 봐. 동료들이 E에게 말했다.

동료들은 2차로 어떤 것을 먹을지 고민했다.

동료들은 꼬리뼈가 아픈 E를 위해 뼈에 좋은 안주를 먹어야 한다고 의견을 모았다. 그래서 그들의 2차 메뉴는 조개탕으로 정해졌다. 뼈와 조개탕. E는 조개탕과 뼈의 관계를 헤아려 보다가 관두었다.

E와 동료들은 주황색 비닐 천막이 쳐진 포장마차에 들어갔다. 그들은 포장마차의 구석 테이블에 자리를 잡고 앉아, 조개탕과 마른 오징어와 소주와 맥주를 주문했다. 그들은 정사각형 테이블에 둘러앉았다. E는 a와 마주 보았고, b는 c와 마주 보았다. E의 옆에 b가, c의 옆에 a가 앉아 있었다. 그들의 자리 배치는 전혀 중요한 것이 아니었다.

저길 봐. a가 말했다.

어딜? b가 말했다.

저기를 보라고. a가 다시 말했다.

a가 말한 저기에는 여자 넷이 자리한 테이블이 있었다. 여자 넷은 정사각형 테이블에 둘러앉아 있었다.

괜찮군. c가 말했다.

괜찮아. E가 말했다.

E와 동료들은 네 명의 여자들과 어렵지 않은 과정으로 합석을 했다. 그들은 두 개의 테이블을 붙였다. E의 옆에 a, b, c가 차례대로 앉았다. E의 앞에 여자가 앉아 있었다. a의 앞에도, b의 앞에도, c의 앞에도 여자가 앉아 있었다. 이제 그들의

자리 배치는 너무나 중요한 것이 되었고, E와 a, b, c는 각자의 자리를 의식하게 되었다.

여자들은 비슷한 색과 비슷한 길이의 헤어스타일을 하고 있었다. 한 손으로 턱을 괴거나 머리카락을 만지면서 여자들은 웃었다. 어떤 여자의 웃음소리는 마른기침 소리 같았다. 그래서 E는 테이블 어딘가 감기에 걸린 여자가 있을 것이라고 생각했다.

누가 자꾸 기침을 하는 거예요? E가 그렇게 말하자 여자들은 웃었다. 별것 아닌 이야기에도 여자들이 잘 웃었기 때문에 합석 자리는 즐거웠다. E 역시 즐거웠지만 꼬리뼈가 아팠다.

꼬리뼈가 아프네요. E는 꼬리뼈가 아프다고 말했다.

합석을 한 여자 중 한 명은 꼬리뼈를 언급한 E의 발언이 유머러스하다고 생각했다. 그렇게 생각한 여자는 조금 취해 있었다. 그 자리에 있는 사람들은 모두 조금 취하거나 완전히 취해 있었다.

앞니가 부러지는 것보다 꼬리뼈가 부러지는 게 낫겠죠. E는 꼬리뼈에 대한 자신의 생각을 밝혔다. 아까 웃었던 여자가 또 웃었다.

E와 동료들은 안주와 술을 추가로 주문했다. 그리고 싹싹 비웠다.

이제 그들 모두 완전히 취했고, 어떤 여자는 포장마차 밖의 전봇대를 붙잡고 구토를 했다. E의 동료 중 어떤 동료는 전봇대에 오줌을 쌌다. 밤에 돌아다니던 포장마차 주변의 비둘기가 그것을 먹었다.

여자

E는 합석을 한 여자 중 한 명과 함께 여관엘 갔다.

여관 침대에서 E는 여자와 키스를 했다. 키스를 했고, 더 심각한 일은 일어나지 않았다. 키스를 한 뒤에 여자는 등을 돌리고 누워 버렸다. E가 침대에 누워서도 꼬리뼈의 통증에 대해서 설명하려고 했기 때문에 피곤해진 것이었다. E가 아무리 잘 설명한다고 해도 여자는 그의 통증을 이해할 수 없었다. 여자는 뒤돌아 눕는 방식으로 E를 무시했다. E는 여자의 등을 보고 누워 있었다. 술에 취한 E는 여자의 등이 어둡다고 느꼈다. 그는 꼬리뼈가 아팠고, 불을 켜고 싶었다. 그러나 불을 켜지 않았다. E는 불을 켜고 싶다는 생각을 하면서 잠이 들었다.

그는 잠깐 꿈을 꾸었다.

잠에서 깨었을 때 그는 그가 꾼 꿈을 기억하지 못했다.

잠에서 깨었을 때 여자는 없었다. 창밖에서 빗소리가 들렸다.

잠에서 깬 그는 그곳이 여관이라는 것을 알 수 있었다. 그리고 그에게는 우산이 없다는 것을 깨달았다.

아. 검정색 우산. 그는 여관 침대에 누워 중얼거렸다.

E는 화장실로 들어갔다. 화장실 조명은 초록빛이었고, 여관의 욕조는 오래된 것이었다.

만약 저 욕조에 들어간다면. E는 상상해 보았다. 그는 절대 그 욕조에 들어가지 않을 것이었다.

그는 욕조 옆에 서서 바닥으로 시선을 떨어뜨렸다. 바닥에 깔린 타일은 남색에 가까운 짙은 파랑이었다.

여관 화장실의 모든 것이 E를 어지럽게 했다.

그는 미지근한 물로 세수를 하고 여관을 나섰다. 집으로 돌아가야 했다.

여기는 어디인가.

처음 보는 비가 내리고 있었고,

길가에는 낯선 전봇대와 낯선 비둘기 두 마리가 있었다. E는 길가의 낯선 남자에게 다가가 가까운 버스 정류장과 가까운 지하철역을 물었다. 버스정류장과 지하철역, 둘 다 가깝지 않았다.

택시를 타세요. 택시를 타는 것이 나을 겁니다. 낯선 남자가 말했다.

감사합니다. E는 남자에게 인사를 했다.

E는 택시를 타지 않고 걸었다. 허기가 지고 동시에 속이 좋지 않았다. E는 토하고 싶기도 했는데, 실상 그는 토할 어떤 내용도 가지고 있지 않았다. E는 왼쪽 머리가 무거워 왼쪽으로 기울어 걸었다. E는 집으로 돌아가 실컷 자리라 결심했다.

집으로 돌아간 E는 곧장 침대에 누웠다. 그리고 여관에서 양말을 신고 오지 않은 것을 깨달았다. E는 실컷 자고 싶었지만 끊임없는 두통과 꼬리뼈의 통증에 시달려야 했다. 잠깐씩만 잠들 수 있었고, 이어지지 않는 여러 개의 꿈을 꾸었다. 자고 일어나기를 반복했는데, 계속해서 토요일이었다. 토요일 초저녁, 토요일 저녁, 토요일 밤. 끝나지 않을 것 같은 토요일이었다. 밤이 되었을 때 E는 그만 자야겠다고 생각했다.

E는 밀린 빨래를 하기로 했다. 그는 어정어정 걸으며 방바닥 여기저기에 흩어진 옷들을 주웠다. 주말에 E는 주로 밀린 것들을 처리했다. 밀린 설거지, 밀린 친구와 부모, 형제를 만났고, 상사·동료들과 함께 낚시를 가기도 했다. 그래서 주말에 E는 여유가 없는 편이었다. 밀린 잠도 자야 했으며, 밀린 여자 생각에 몰두하기도 했다. 그는 어젯밤 합석했던 여자와 여관에 갔던 기억을 떠올렸다. 기억이 나는 것은 여자의 어두운 등뿐이었다. 여자의 이름이나 얼굴은 애를 써도 떠오르질

않았다. 침대에 누워서 여자의 입속에 혀를 넣은 기억이 있었지만 그때 감촉이 어땠는지는 잘 떠오르질 않았다. 축축했던가. 축축했던 것 같았다. 여자의 혓바닥은 두꺼웠던가. E는 그런 것들을 기억해 내려고 애썼다.

어떤 주말에 E는 벽을 보고 모로 누워서 자위를 하기도 했다. 그는 새우처럼 누워서 눈을 감았다. 자위를 하려다가 잠이 들기도 했다. 잠을 자려다 자위를 하기도 했다. 그 두 가지를 반복하기도 했다. E는 그 두 가지를 반복하는 주말을 특히 좋아했다. 그는 주말에 혼자 있고 싶었다. E는 피곤함이 지겨웠다. 평일에 E는 너무 피곤해서 자위조차 할 수 없었다. 창밖에선 비가 멈추지 않았다. E는 유리창에 그어지는 빗줄기를 바라보며 우산을 떠올렸다. 크고 팽팽한 검정색 우산. 그는 오늘은 꼭 우산을 사리라 다짐했다.

E는 우산을 사기 위해 대형 마트로 향했다.

마트로 간 E는 우산은 사지 않고 소주 두 병을 샀다.

집으로 돌아오는 길에 E는 비둘기 세 마리를 보았다. 비둘기들은 대가리를 비틀면서 서로 눈을 맞추고 있었다. E는 그 모습을 바라보며 동물들의 의사소통에 대해서 생각했다.

짝짓기에 관한 의사소통을 하고 있군. 그는 비둘기들이 대가리를 비트는 방식으로 서로의 의사를 묻는 것이라 생각했다. 그는 세 마리 중 어떤 비둘기와 어떤 비둘기가 짝을 짓는지 알고 싶었다. 그러나 빗줄기가 거세졌기 때문에 집으로 돌아가야 했다.

내일은 우산을 사겠어. E는 소주를 먹으며 생각했다.

크고, 팽팽하고, 검정색일 것. 그는 좋은 우산의 조건을 되새겼다. 그의 되새김이 끈질긴 만큼, 잠이 들었을 때 우산에 대한 꿈을 꿀 가능성이 다분했다. 그러나 그날 밤 그는 뜻밖에도 뻘과 부메랑이 등장하는 꿈을 꾸었다. 꿈에서 E는 부메랑을 피하기 위해 뻘을 달렸다. 뻘에 발이 빠져 잘 달리지 못했다.

출근

1월 5일, E는 다시 출근을 했다.

그는 출근길에 비둘기와 마주쳤다.

비둘기의 수명이나 비둘기의 성생활. E는 비둘기를 볼 때마다 비둘기의 생명력에 대해 생각했다. 비둘기가 짝짓기를 할 때 내는 소리는 어떨까 상상하는 아침이 여러 날 있었다. 구구. 구구. 구구국. 그런 소리를 내겠지. 그는 다른 소리를 상상할 수 없었다.

비둘기들은 길 위에 토사물을 쪼아 먹고 있었다. 누가 매일 구토를 하는 것인가.

출근길 E는 아침을 먹지 않았고, 그의 것이라고 할 수 있는 분명한 것은 허기뿐이었다. 배가 고프군. E는 새벽부터 배가 고팠다. 그는 지하철역 근처의 24시간 패스트푸드점에 들어가 치즈버거를 주문했다. 계산을 끝내자마자 햄버거가 전달되었다. 그는 구석 자리에 앉았다. 치즈버거는 식어 있었다. 입 안에서 겉돌아 그만 먹고 싶었지만, 남기지 않고 다 먹었다.

E는 더 자고 싶었다. 지하철이 흔들릴 때마다 그의 몸이 흔들렸다. 열차는 강 위의 다리를 건너고 있었다. 아직 해가 다 뜨지 않아 강이 어두웠다. 지하철 내부는 건조하고 뜨거운 히터 바람으로 가득했다. E는 히터 바람이 참을 수 없었으나, 참는 수밖에 없었다. E는 다만 유리 밖의 강을 바라보았다. 강 위에 무언가 떠 있었는데 비둘기나 오리 같았고, 커다란 검정봉지 같기도 했다. 제자리에 떠 있는 것인가. 흘러가는 것인가.

사무실에서 E와 동료들은 하루 종일 나른한 얼굴을 하고 각자의 자리에 앉아 있었다. 상사는 오전에 한 시간, 오후에 한 시간, 책상에 엎드려 잠을 잤다. E는 사무실의 히터 바람이 답답했지만 히터를 끄지 못했고, 오후 업무 중 30분 동안 졸았다.

퇴근길에 E는 비둘기 한 마리와 마주쳤다. 그와 매일 아침

마주치는 비둘기였는데, 발목이 잘려 있었다. 아침에도 발목이 없었는지, E는 생각해 보았다. 기억나지 않았다.

발목

E는 발목이 잘린 비둘기를 본 이후로 자신의 발목을 의식하게 되었다.

매일 밤 근질거렸다.

그는 발목을 돌리는 습관을 갖게 되었다.

산책

E는 미지근한 물로 세수를 했다. 발목을 돌리고 신발을 신었다.

그는 걸어가려다 택시를 탔다.

신앙촌상회로 가 주십시오. E가 택시 기사에게 말했다. 기사는 신앙촌상회의 위치를 잘 알고 있었고, 능숙하게 운전했다. E는 기사의 운전 솜씨를 알아보았으며, 예감이 좋다고 생각했다. 무엇에 대한 구체적인 예감은 아니었다. 택시의 창밖으로 보이는 하늘은 검은빛으로 얼룩져 있었다.

신앙촌상회의 진열대에는 갖가지 우산이 진열되어 있었다. 사방의 벽에도 우산이 걸려 있었다. 온통 펼쳐지거나 접혀진 우산들이었다. E는 형광 노란색 우산에 가장 먼저 눈이 갔다. 가장 눈에 띄는 환한 색이었고, E는 그 우산을 사고 싶었다. 누군가에게 선물을 하면 좋겠다고 생각했다. 그러나 E는 우산을 선물할 사람이 떠오르지 않았다.

E는 경호업체에서 대량으로 구입하는 우산을 택했다. 그는 그 검고 큰 우산이 마음에 들었다. 단번에 펼쳐지는 우산살의 탄력이 그를 사로잡았다.

E는 새 우산의 기능을 테스트하기 위해서 산책을 해야겠다고 생각했다.

그는 산책을 나가기 위해 다시 집에 들러 옷을 더 입었다. 셔츠 위에 카디건을 입고, 카디건 위에 파카를 입었다. 검정 바지를 입은 뒤에 검정 양말을 신었다. 우산과 지갑을 챙겨 집밖을 나섰다.

E는 호숫가를 향해 걸었다. 그의 산책 코스는 호수까지 걸어갔다가 돌아오는 것이었다.

E의 집에서 호수로 가는 길은 멀지 않았으나 좁고 가팔랐다. 그는 좁고 가파른 그 길에서 앞으로 넘어져 앞니가 깨질 것을 염려하며 걸었다. E는 땅을 보며 걸었다. 의외의 돌부리

를 조심해야했다.

E는 호숫가로 향하는 좁고 가파른 그 길에서, 땅을 보고 걷다가 의외의 흰색 종이를 발견했다. 종이는 스프링노트에서 뜯긴 것으로 두 번 접혀 있었고, 비에 젖어 있지 않았다.

얼마 후에 너를 다시 만났을 때 너는 몹시 지쳐 보였다. 그도 그럴 법한 것이 그때 시각이 새벽 3시가 다 되어 갔으니까. 너는 나를 보고 실망했는지 내게는 가까이 다가오지도 않았지. 나도 그런 네 모습에 적지 않게 실망하고 낙심했다. 그렇지만 이제 와서 너를 원망하는 것은 아니다. 나는 지쳤다. 아무것도 기대하지 않는다. 비단 너에 대한 기대만을 접는 것이 아니다. 하나 부질없는 인간관계와 유지하기 급급한 세금고지서들에 대해서. 모두 소용없다는 것을 깨달았다. 일방적인 통보들에 더 이상 흔들리고 싶지 않다. 얽매이고 싶지 않다. 나를 그동안 살게 한 것은 자괴감이었다. 그러나 나는 지금 자괴감마저 느끼지 않는다. 후회하지도 않는다. 오늘의 이런 선택이 있기까지는 너에게 다 말하지 못한 몇 가지 시련이 있었다. 악몽이 반복되어서 잠을 자도 자는 것 같지가 않다.

어릴 적에 나는 요트를 한 대 사고 싶었다. 이제 나는 내가 요트를 살 수 없을 것이라는 것을 알게 되었다. 장미를 키우고 싶기도 했다. 그런 꿈들이 있었다. 너는 내 꿈에 대해서 어떻게 생각할지 모르겠다. 놀랄 수도 있겠지. 요트나 장미에 대해서 좀 더 길게 너와 이야기 나눴더라면 행복했을지도 모르겠다. 너에게 말하지 않은 것이 많다. 나를 끝으로 몰아가는 일련의 시련을 겪으면서 나는 포기하는 법을 배우게 되었다. 하지만 너에 관한 것들, 나는 너를 끝까지 포기하고 싶지 않았다. 그것을 알아주기 바란다. 유독 너를 지목하여 이런 글을 남기는 것이 마음 쓰인다. 부디 빠른 시간 안에 나를 잊어 주길 바란다. 이상한 날들이다. 이렇게 비가 많이 오는데도…….

이렇게 비가 많이 오는데도. 그는 여기까지 읽은 뒤에 종이를 접었다. 그리고 원래 있던 자리에 내려놓았다. E는 요트와 장미에 대해서 잠깐 상상해 보았다. 아무런 감흥도 일지 않았다. E는 종이의 주인이 수신자였을지 발신자였을지 궁금했다. 종이는 버려진 것도 같았고, 흘려진 것도 같았다.

버려지는 과정에서 흘려짐.

흘려지는 과정에서 버려짐.

E는 종이를 내려놓은 자리에서 우산을 들고 서서 담배를 피웠다.

예보된 눈은 내리지 않았다. 계속해서 비가 내릴 뿐이었다.

E가 가파르고 좁은 골목을 통과해 호수에 도착했을 때, 한 무리의 비둘기들이 거기에 있었다. 비둘기들이 모여 있는 벤

치에는 남자와 여자가 우산 하나를 함께 쓰고 앉아 있었다. 여자는 가끔 땅바닥에 먹을 것을 떨어뜨렸고, 비둘기들은 떨어진 것을 쪼아 먹었다. E는 남자와 여자, 비둘기가 있는 벤치에서 5미터쯤 떨어져 서 있었다. E는 배가 고팠다. E는 남자와 여자가 행복할 것이라고 생각했다. 비둘기들 역시 행복할 것이었다. 남자와 여자는 뜨는 해를 보았을 것이었다. 그들의 행복을 확신한 E는, 자신의 행복에 대해서 생각해 보았다. 가로등이 아직 켜지지 않았고, E는 자신이 행복하지 않다는 것을 알게 되었다.

나는 불행한 것인가. E는 그렇지 않다고 결론을 내렸다.

E는 우산의 성능에 만족하며 서 있었다. 이렇게 비가 오는데도 호수는 범람하지 않았다.

E는 주었던 종이, 요트와 장미를 떠올렸다. 그런 골목, 그런 우연한 곳, 그렇게 좁고 가파른 길. 어쩌면 그와 5미터 가량 떨어진 벤치에 앉아 있는 남자와 여자, 둘 중 누군가의 종이일 수도 있었다. 둘 중에 종이의 주인이 있을까. E는 궁금해졌고, 남자와 여자가 앉아 있는 벤치를 골똘히 쳐다보았다. 그 시선을 느낀 남자와 여자, 그리고 비둘기가 한순간, 동시에 E가 서 있는 쪽으로 고개를 돌렸다. E는 여자와 눈이 마주쳤고, 낯익다고 생각했다. 하지만 누군지 알 수 없었다. 낯익은 얼굴은 전혀 알 수 없는 얼굴이기도 했다. 곧 해가 질 것 같

왔다.

해가 지면 돌아가야지. 돌아가는 길에 뭐라도 먹어야지.

여자는 이제 땅바닥에 아무것도 떨어뜨리지 않았는데 비둘기들은 벤치 주위에서 떠나지 않았다. 미련하군. E는 비둘기들이 미련하다고 생각했다. 미련함은 대부분의 비둘기가 갖고 있는 천성이라고, E는 생각했다. 그리고 E는 여러 비둘기들 중에 한 마리의 발목이 잘려 있는 것을 보았다. E는 발목이 잘린 비둘기의 색과 무늬를 살펴보려 했지만, 해가 졌다. 어두워지고 있었다. 곧 더 어두워질 것이었다. 남자와 여자는 더 오래 거기에 있을 것 같았다.

E는 뒤돌아 호숫가와 반대 방향으로 걸었다. 좁고 가파른 길을 향해 걸었다. 그는 집으로 돌아가는 길에 소주와 고등어를 사기로 결심했다. 마트로 가야만 하는 번거로움에 대해서 생각했다. 번거롭지만, E는 그 종이를 다시 주워야겠다고 생각했다. E는 끝까지 읽지 않았고, 결말이 궁금했다. 끝까지 읽게 된다면 무언가 더 확신할 수 있을 것 같았다. E에게는 확신이 필요했다. E는 허벅지에 힘을 주고 걸었다.

좁고 가파르고 구불구불한 그 골목, 그 가로등, 그 모퉁이. E는 종이를 발견한 자리를 생각하며 걸었다. 그는 그 자리를 기억하고 있었다. 그러나 그가 그 자리에 도착했을 때 종이는 없었다. 흔적도 없었다. E는 상심했고, 허무했다. 허무에 대해서. 허무에 대해서는 생각하지 않기로 했다.

E는 마트에 들르지 않고 집으로 곧장 돌아가기로 했다.

집에 거의 도착했을 때, E는 비둘기 한 마리를 보았다. 미련하군. E는 발목이 잘린 미련한 그 비둘기를 알아보았다. 날아왔군. E는 호숫가에서 보았던 비둘기와 동일한 비둘기라고 생각했다. 비둘기는 그의 집 앞, 전봇대 옆에 쏟아진 토사물을 쪼아 먹고 있었다. 저 토사물이 어쩌면 내 것일 수도 있겠다고, E는 생각했다.

방어

1월 6일, E는 출근을 했다.

오늘 커피는 내가 살게. 동료 a가 말했다.

어제 커피도 네가 샀잖아. b가 a에게 말했다.

아마 내일도 a가 사겠지. c가 말했다.

고마워. E가 a에게 말했다.

커피를 마신 E와 동료들은 사무실로 향했다. 비가 멈추지 않았다.

사무실의 히터는 최대로 가동되고 있었다. 사무실의 책상은 일곱 개였고, 말을 하는 사람은 한 명도 없었다. 오후 3시쯤에는 해가 검은 구름에 가려 E의 책상이 어두워졌다. E는 그 모든 환경을 이겨내지 못했다. E는 무책임한 편은 아니었으나 졸음을 잘 참지 못했다. 30분 동안 E는 고개를 끄덕이면서 졸았다. 동료들은 그의 고갯짓을 보았고, 상사 역시 그것을 보았다.

E는 잠깐 꿈을 꾸었다.

E가 잠에서 깨었을 때, 여전히 사무실에서는 누구도 말하지 않았고, 히터는 최대로 가동되고 있었다. 건조하고 답답했다. E는 업무가 많지 않아 책상에 앉아 있기가 곤욕스러웠다. E의 동료들 역시 사정이 크게 다르지 않았다. 동료들은 턱을 괴고 앉아 있거나 연이어 하품을 했다.

업무가 모두 끝난 후에 E와 동료들은 맥주를 마시기로 했다. 닭고기를 좋아하는 b를 위해 그들은 치킨을 먹기로 했다. 그들은 호프집의 구석 테이블에 자리를 잡았다. 프라이드 치킨과 맥주 500씨씨 네 잔을 주문했다.

내일은 백이 방어를 가져올 거야. a가 말했다. 백은 a, b, c, E의 상사였다.

어. 회를 뜨겠지. b가 말했다.

씨발. c가 말했다.

방어는 모레 가져올 수도 있어. E가 말했다.

백은 종종 낚시를 해서 잡은 고기를 사무실에 가져왔다.

아이스박스에 담아오곤 했는데, a는 그 모습이 야만스럽다고 생각했다.

백은 내가 회를 못 먹는 걸 알면서 굳이 권해. a가 말했다.

회는 잘 떠. b는 상사의 회 뜨는 솜씨를 인정했다.

씨발. c가 말했다.

탕도 제법 끓여. E가 말했다.

상사 백은 잡은 고기를 사무실로 가져와 직접 회를 뜨고 탕을 끓였다. 백은 물고기를 잘 다루었다. 백은 특히 방어를 좋아했다. 고소하고 또 정력에 좋다는 이유에서였다. 백은 정력과 관련된 것들을 좋아했다. 백은 a, b, c, E에게 자주 정력에 대해 이야기했다.

핑계를 대. 한약을 먹고 있다고. 날것을 먹으면 약효가 떨어진다고. E가 회를 먹지 못하는 a에게 조언을 했다.

믿지 않을 거야. a가 말했다.

믿을 수도 있어. b가 말했다.

a는 날것을 먹지 못했고, 백은 본인이 뜬 회를 먹지 않는 a를 탐탁지 않아 했다. 그런 이유로 a와 상사 백은 상호간에 감정이 좋지 않았다.

구차하군. a가 말했다.

한약보다 더 좋은 핑계가 필요해. b가 말했다.

씨발. c가 말했다.

한약보다 좋은 핑계는 없어. E가 말했다.

E와 동료들은 백에 대한 생각에 사로잡혀 기분이 조금씩 좋지 않게 되었다.

백은 트집을 잡고 고집을 부리는 일이 많았고, a에게는 특히 짧은 휴가를 주었다. a가 가장 늦게 입사했기 때문이라고, 백은 말했다. 그러나 그것은 사실이 아니었다. a 이후로 입사한 청년들은 얼마든지 더 있었다.

백은 이중인격자야. a가 말했다.

아니. 다중인격. b가 말했다.

인격. 씨발. c가 말했다.

그들은 상사의 인격에 대해서 오래 이야기했다. 같은 이야기의 반복이었다. 백에게는 인격이랄 것이 없으며, 있다 한들 미비하고 천박한 수준이라는 것이었다. 상사의 인격에 대해서 말할 때 그들은 경쟁적으로 저주를 퍼부었는데, 그때 그들 모두의 얼굴에서 환하게 빛이 났다.

E와 동료들은 한 달에 한 번, 상사와 함께 낚시를 떠났다. 가끔은 네다섯 시간씩 떨어져 있는 지방의 바다나 강으로 가 일박을 하기도 했다. 낚시를 함께하자는 것은 상사 백의 권유였고, E와 동료들은 거절하지 못했다. 백은 낚시를 해야 비로소 남자의 인생을 알 수 있다고 부하직원들에게 주장했다. 백의 말은 맞을 수도 있었고, 틀릴 수도 있었다.

이번 주말에 E는 낚시에 동참할 수 없었다. 여자와 약속이 있었다. 여관 침대에서 키스를 했던 여자였다. 낚시보다 중요했다.

다음 주에 저는 함께 가지 못할 것 같습니다. E는 점심시간이 끝나기 전에 상사에게 말했다.

왜 진작 이야기하지 않았지? 상사 백이 E에게 물었다.

뜻밖의 약속이 생겼습니다. E가 대답했다.

내가 선약 아니던가? 상사가 물었고, 선약이었던가, E는 잠깐 생각해 보았다.

죄송합니다. E가 백에게 말했다. E는 상사에게 죄송하지 않았지만, 적절한 대답이 떠오르지 않았다. 그러나 죄송하다는 말 역시 적절하지 않다는 것을 알고 있었다.

죄송하다면 마땅한 대처가 있어야겠지. 백이 E에게 말했다.

예. E는 대답했다. 그렇게 대답했지만, E는 어떤 대처가 마땅한 것인지 알 수 없었다. E는 마땅함에 대해서 깊이 생각해 본 적이 없었고, 그에게 마땅함이란 생소한 것이었다. 백 이 개새끼. E는 속으로 중얼거렸다. 상사는 자기 자리에 앉아 E를 올려다보았다. E는 상사 앞에 서서 발목을 돌렸다.

업무가 모두 끝이 난 뒤, E와 동료들은 삼겹살과 소주를 먹기로 했다. E의 제안이었다.

오늘은 신사적이었어. a가 상사 백의 태도에 대해 언급했다.

후한이 있을 거야. 그냥 낚시를 가. b가 말했다.

씨발. c가 말했다.

a, b, c는 E의 난감함과 괴로움에 공감했다. E는 여자와의 약속을 취소해야 하는 것인지 망설여졌다. 취소하고 싶지 않았다. 오랜만에 만난 여자였다. 이미 침대에서 그녀의 등까지 보았던 것이다. E는 근래에 많은 것들을 포기했고 빨래조차 널지 않았으므로, 전환점이 필요하다고 생각했다.

무슨 약속이 있는 거야? a가 E에게 물었다.

여자를 만나. E가 대답했다.

여자가 있었어? b가 물었다.

어. 여자. E가 대답했다.

씨발. 난 여자가 없는데. c는 중얼거렸다.

E는 동료들에게 그 여자에 대해 더 설명하고 싶었지만, 설명할 수 있는 것이 없었다. 이름, 나이, 직업, 전혀 알지 못했고, 그저 기억나는 것은 그 여자의 돌아선 등뿐이었다. E는, 며칠 전 2차 자리에서 합석을 했던 여자 중 하나, 라고 덧붙였다.

언제 연락처를 주고받았지? a가 E에게 물었다.

신이군. 신. b가 말했다.

씨발. 난 그날 번호를 물었다가 거절당했어. c는 말끝에 침을 뱉었다.

낚시를 가야 하는 걸까? E가 동료들에게 물었다.

여자를 만나야지. 동료들은 낚시보다 여자를 만나는 것이 좋겠다고 대답해 주었다. E는 마음을 굳힐 수 있었다.

1월 7일, E는 출근을 했고, 저는 낚시엘 갈 수 없습니다. 상사에게 다시 말했다.

내가 선약 아니던가? 상사는 처음 듣는 이야기에 반응하는 사람처럼 대꾸했다.

여자를 만납니다. E는 다른 핑계가 떠오르질 않았다.

호쾌한 친굴세 하하하하. 상사는 고개를 젖혀 웃었다. E는 상사의 혀와 목젖을 뚜렷이 보았다.

죄송합니다. E는 적합한 말을 찾을 수 없었다.

마땅한 대처가 있어야 해. 상사가 E에게 말했다.

예. E가 대답했다.

상사는 자기 자리에 앉아 E의 얼굴을 올려다보며 그의 대처를 기다렸다.

히터를 끄겠습니다. E는 잘 참는 성격이었는데, 그 순간에 히터 바람을 참을 수 없었다.

주말

a, b, c는 상사 백과 함께 네 시간 떨어진 지방으로 낚시를 떠났다.

E는 주말에 만나기로 했던 여자와의 약속이 취소되었다.

오늘은 안 될 것 같네요. 약속 시간 두 시간 전에 여자에게서 메시지가 도착했다.

E는 여자에게 답장을 하지 않았다. 대신에 그는 마트로 가 고등어와 맥주를 샀다. 집으로 돌아오자마자 고등어를 구웠다. 비가 그치지 않았고, 비의 영향으로 환기가 잘 되지 않았다. E는 텔레비전을 켜고 고등어구이와 맥주를 먹었다. 토크쇼에 유명 영어 강사가 게스트로 나왔다.

돈을 벌 마지막 기회였습니다. 영어 강사는 머리숱이 적었다.

E는 창을 열고 담배를 피웠다. 창밖에 쓰레기가 아직 수거되지 않고 있었다.

저기 내 것. E는 자기가 버린 쓰레기봉투의 윤곽과 그 내용을 알아보았다. E는 여자의 혓바닥이 두꺼웠는지 기억해 내려 애썼다. 도무지 기억나지 않았다. 비에 젖은 쓰레기봉투에서 누런 물이 흐르고 있었다.

파도가 심해. 동료 a에게서 메시지가 도착했다. E는 파도 위의 동료들과 상사를 상상했다.

뭘 잡았어? E가 a에게 메시지를 보냈다.

아직. 아무것도. a에게서 곧 답장이 도착했다.

아직. 아무것도. E는 a의 메시지를 중얼거렸다.

출근

1월 12일 출근길, 오토바이 한 대가 난폭하게 인도를 지났고, 비둘기들은 겨우 날아올랐다. E는 비둘기들을 피해 몸을 움츠렸다. E는 피곤함 때문에 넘어지지나 않을까 염려하며 걸었다.

E가 사무실에 들어서자마자, 동료 a, b, c는 저마다 여자에 관한 질문을 던졌다.

예뻤는지, 잤는지, 어땠는지, E에게 물음들이 연이어졌다.

만나지 못했어. E가 대답했다.

E는 오전, 오후 근무 내내 인상을 쓰고 한숨을 쉬고 헛기침을 했다.

동료 a는 E의 표정이 어둡다고 느끼고, E에게 연극을 볼 것을 제안했다.

연극이라니. E는 잠시 a의 이목구비를 살폈다. a는 호의적이고 편안한 표정으로 E의 대답을 기다리고 있었다. a는 눈썹과 입 꼬리를 들썩 올려 보이기도 했다.

어떤 연극? E가 a에게 물었다.

내 사촌이 있는 극단이야. a가 말했다. a는 동료 b, c에게도 함께 갈 것을 제안했다.

주문

무대 위의 여자는 뺨을 두 대 맞았다. 그리고 배를 걷어차였다. 여자는 비명을 질렀다. 실감이 나는 소리였다. 여배우는 정말로 맞고 있는 것이었다. 객석의 몇몇은 귀를 막았다.

E는 연극을 보는 내내 졸다가 비명소리에 가끔씩 잠에서 깼다.

E는 잠에서 깰 때마다 더 자고 싶었고, 아직 연극이 끝나지 않은 것에 안도했다. 객석은 어둡고 안락했다. E는 잠들고 깨기를 반복했다. E는 잠결에 여배우가 맞는 장면과 남자 배우 둘이 대마초를 피우는 장면, 무대 위에 자욱한 연기를 보았다.

E는 객석의 환호성과 박수 소리에 완전히 잠에서 깨었다.

연극이 끝난 뒤에 E와 동료들은 맥주를 마시기로 했다. 안주는 양고기로 정해졌다.

술자리는 경쾌하게 이어졌다. 객석에서 충분히 잠을 잔 E는 상쾌하기까지 했다.

너희도 조와 다를 바 없어. a가 말했다.

조는 남자 배역 중 하나였고, a의 사촌이었다. E는 연극을 제대로 보지 않았기 때문에 조가 누군지 알지 못했다. E는 맥주를 들이켰다.

그래. 조는 설득력 있었어. 하지만 달라. 분명히 달라. b가 말했다. a의 말을 알아듣지 못한 것과 마찬가지로, E는 b의 말도 알아들을 수 없었다. 동료들은 무대 조명과 효과음에 대해 이야기했다.

무대에 연기가 더 많았어야 해. c가 말했다.

조가 정말로 대마초를 피운 건 아니잖아. a가 말했다.

광기는 영원한 테마야. b가 말했다.

나도 광기가 좋아. E가 말했다.

E는 연극에 대해 할 말이 없었지만 그런대로 동료들과 잘 어울렸다.

연극에 대한 평이 끝난 뒤에 그들은 중국 맥주에 대해 이야기했다.

나는 중국 맥주가 제일 좋아. E가 말했다. 그렇게 말할 때 그는 취해 있었다. 동료들은 취하지 않은 채로 집으로 돌아갔다. E는 취했지만, 동료들과 마찬가지로, 그래, 그럼, 하고 뒤

돌아섰다. E는 동료 중 누군가를 붙잡고 술을 더 마시고 싶었다. 그러나 그럴 만한 동료가 없다는 것을 알고 있었다.

E는 무언가 아쉬웠기 때문에 휴대폰을 꺼내 들었다. 크리스마스부터 연락이 되지 않는 여자에게 전화를 걸었으나 여전히 전원이 꺼져 있었다. 약속을 취소한 여자 역시 E의 전화를 받지 않았다. 아마 E가 더 취했더라면 동료 중 누구라도 붙잡았거나, 연락처 목록의 아무라도 불렀을 것이다. 그러나 E는 아쉬울 정도로만 취했기 때문에 이러지도 저러지도 못했다. 난감했고, 괴롭기까지 했다. E는 24시간 편의점으로 들어가 담배 한 갑과 맥주 한 캔을 샀다. E는 계산을 마치자마자 캔 맥주를 땄다. 편의점 밖으로 나온 E는 인도의 가로수에 기대어 앉았다. E는 인도의 가장 끝에 보이는 가로등을 바라보며 담배를 피웠다. 그는 가로수 옆에 앉아 잠깐 졸았다.

E의 얼굴과 어깨에 쉬지 않고 비가 떨어졌다. E는 몸을 웅크리고 가로수에 기대었다. 그는 술에서 깨지 못했고, 오히려 더 취기가 올랐다. 그는 동료들의 대화가 떠올랐다. 조. 조 이 개새끼. 내가 그 새끼보다 대마초를 더 잘 피울 수 있어. 동료 중에 누군가가 목소리를 높였던 것 같은데, 그게 a인지 b인지 c인지 정확히 기억나지 않았다. 조. 조 이 개새끼. E는 가로수 옆에 앉아 혼잣말로 중얼거렸다. 집으로 돌아간다는 생각이 들기도 했다. 조. 조 이 개새끼. 그는 혼잣말을 하다가 세탁기

안에 널지 않은 빨래가 떠올랐다. 널지 않은 빨래가 떠오르자 조가 정말 개새끼처럼 느껴졌다. 조 이 개새끼. E는 혼잣말에 감정을 실었다. 조를 욕하던 동료의 마음을 이해할 수 있을 것 같았다. 때때로 동료의 마음은 이해가 되기도 하는 것이었다. 그 동료가 a이건, b이건, c이건, 그건 그다지 중요하지 않았다.

조 이 개새끼. 개새끼 조. 조 이 개새끼. E는 집으로 돌아가는 길에 편의점에 들러 맥주를 두 캔 더 샀다. 그는 맥주를 마시면서 걸었다. 그는 느리게 걸으면서 조 이 개새끼라는 혼잣말을 반복적으로 중얼거렸다. 조에 대해서 잘 알지도 못하면서. E는 문득 조에 대해서 너무 많이 중얼거렸다는 사실을 깨닫게 되었고, 깨닫지 않아도 되는 것을 깨달아 버린 E는 불편해졌다. 어떤 깨달음은 불편함이었다. E는 요즘 부쩍 그런 식의 불편함을 자주 느꼈다. 나이가 들고 있군. E는 그렇게 생각했다.

E는 올해 봄부터 나이가 들고 있다고 느꼈다. 그는 봄부터 망설임이 늘었다. 사소한 고민에 빠졌고, 별것 아닌 일에 쉽게 화가 났다. 포기하고 싶다는 생각을 수시로 했다. 그러나 그는 포기할 만한 무엇도 가지고 있지 않았다. 그것과 별개로 E는 자주 포기하고 싶었다. 울적했고, 움직이고 싶지 않았다. 움직이지 않아도 땀이 났다. 식은땀의 원인에 대해서, 나이가 들고

있기 때문이라고, E는 생각했다.

집으로 돌아간 E는 빨래를 널지 않았다. 맥주 두 캔을 다 마신 E는 취기 때문에 도저히 빨래를 널 수 없었다. 조 이 개새끼. E는 무대 위의 조가 대마초를 피우던 장면을 기억해 냈다. 조가 칼을 휘두르며 무대를 뛰어다니던 장면을 기억해 냈다. 조의 괴성을 기억해 냈다. 조는 덩치가 크고 가죽이 두꺼운 동물처럼 괴성을 질렀다. 그래. 조 때문이었어. 조 이 개새끼 때문에 푹 잘 수 없었어. 조가 아니었다면 한 번도 깨지 않고 2시간 30분을 푹 잘 수 있었으리라. E는 조가 자신의 잠을 방해했다고 생각했다. E는 조가 여배우를 때린 것도 기억해 냈다. 조 이 개새끼. 그는 조가 여배우에게 너무했다고 느껴졌다. E는 지금 느끼는 분노를 내일 동료들과 만나 다시 이야기해야겠다고 결심했다. E는 침대에 올라가지 못하고 방바닥에 엎드린 채 잠이 들었다.

E는 엎드린 채로 잠에서 깨었고, 새벽이었다. 그는 창문을 열고 밖을 내다보았다. 비가 내렸다. E는 창가에 서서 담배를 한 대 피웠다. 그는 더 자고 싶었다. 그러나 더 잔다면 지각을 할 것이었다. 그는 미지근한 물로 세수를 했다. 면도를 하고 신발을 신기 전에 발목을 돌렸다.

출근

출근길에 E는 비둘기 한 마리를 보았다.

E는 속이 좋지 않았다. 구토를 할 것 같았고, 허기가 돌기도 했다. 그는 배를 움켜쥐고 걸었다. 균형을 잃고 언 길에 미끄러져 넘어질 뻔했다. 그러나 넘어지지 않았다.

어제는 너무 많이 마셨어. E가 동료들에게 말했다.

어제는 나도 많이 마셨어. 동료 a가 말했다.

어제는 안주가 좋았지. b가 말했다.

동료들은 어제 새벽에 중계된 축구 이야기와 상사 백에 대한 이야기를 했다. E는 동료들에게 조가 얼마나 개새끼인지 묻고 싶었다. 그러나 E는 대화에 끼어드는 재주가 없었다. 그는 그의 자리로 돌아갔다. E는 인터넷 검색창에 '조'를 입력했다.

외떡잎식물 벼목 화본과의 한해살이풀.

조는 외떡잎식물이었군. E는 생각했다. E는 조의 연관 검색어를 살펴보았다. 그중에 어떤 조가 연극 캐릭터일지, 어떤 조를 클릭해야 할지 망설여졌다. 망설이던 E는 곧 화가 날 것 같았고 식은땀이 날 것 같았다. E는 포기해야겠다고 생각했다. 울적했고, 움직이고 싶지 않았다. 하지만 점심시간이 되었기 때문에 그는 밖으로 나가야 했다.

E의 동료들은 점심시간이 되자 멈추지 않는 비에 대해서 이야기했다. 지구온난화와 종말. 동료들은 지구온난화에 적합한 음식을 먹어야 한다고 의견을 모았다. 그래서 그들의 점심 메뉴는 쌀국수로 정해졌다. c의 의견이었다.

E는 국물이 있는 국수를 주문했다. E는 동료들과 조에 대해서 이야기하고 싶었다. 그러나 동료들은 쌀국수와 종말의 상관관계에 대해서 이야기를 이어나갔다. 그사이 테이블에 국수와 볶음국수 볶음밥이 올라왔고, 동료들의 대화는 잠시 중단되었다. 그들은 각자 그릇에 집중했다. 홀 안은 계속해서 복잡하고 시끄러웠다. 끝나지 않을 것 같은 복잡함과 시끄러움이었다. E는 점심시간의 복잡함과 시끄러움에 익숙했다.

E와 동료들은 사무실로 돌아가기 전에 커피를 마셨다. a가 계산했다.

어제 연극은 훌륭했나? E가 커피를 마시면서 말했다.

훌륭했어. a가 대답했다.

훌륭했지. b가 대답했다.

어. 좋았어. c가 대답했다.

나는 어제 내내 졸았어. E가 말했다.

지금 와서 뭐. a가 말했다.

아쉬운가 봐. b가 말했다.

아쉬워? c가 물었다.

E는 아쉬운 것도 같았는데, 구체적으로 무엇이 아쉬운 것인지는 알 수 없었다.

너희 중에 누가 조를 개새끼라고 했지? E가 동료들에게 물었다.

나였던 것 같아. c가 대답했다.

너면 너지, 너였던 것 같은 건 뭐야. E는 되묻고 싶었으나 잠자코 있었다.

왜 조가 개새끼지? E는 c에게 또 물었고,

개새끼니까 개새끼지. c가 심드렁하게 답했다.

그래. 조는 개새끼야. E가 중얼거렸다.

E는 대체로 소극적이었지만, 어떤 날에는 무모하기도 했다. 조에 대한 그의 마음은 무모하고 알 수 없는 종류의 것이었다.

점심시간이 끝이 나고, E와 동료들은 각자의 자리로 돌아가 업무를 보았다. E의 상사는 과장과 점심을 먹고 사무실로 돌아왔다. 상사는 회와 탕을 먹었다고 했다. 상사는 회와 탕에 만족한 것처럼 보였다. 그리고 곧 상사는 책상에 앉은 채로 졸았다. 상사는 얕게 코를 골았다. E와 동료들은 그 소리를 들었다. 사무실의 내부는 최대로 가동되는 히터 때문에 덥고 답답했다. E는 창문을 열어 환기를 시키고 싶었지만, 창문을 열지 않았다. 찬바람에 상사가 잠에서 깰 것이었다. E는 그것을 원하지 않았다. E는 상사가 퇴근시간이 될 때까지 푹 자기를 바랐다. 그러나, E의 바람과는 달리, 상사는 28분 후에 잠에서 깨어났다. 그리고 다시 회에 대해서 말하기 시작했다. 회와 탕에 관한 이야기는 정력과 남자의 인생에 관한 이야기로 이어졌다. E와 동료들은 상사의 이야기에 흥미를 느끼지 못했다. E는 계속되는 상사의 연설이 피곤했다. 조 이 개새끼. E는 속으로 중얼거렸다. 상사는 E와 동료들에게 다음 주말 낚시를 가자고 제안했다. E는 내키지 않았다. 하지만 거절하지 않았다. 백 이 개새끼. 속으로 중얼거렸을 뿐이었다.

퇴근길에 E는 집 앞 전봇대 밑에서 비둘기 두 마리를 보았다. 한 마리는 발목이 잘려 있었다. 미련해서. 그는 발목이 잘린 비둘기가 미련하다고 생각했다. 그는 비둘기들 앞에 서서 발목을 돌렸다.

집으로 돌아온 E는 뜨거운 물로 샤워를 했다. E는 어둡고 안락했던 객석을 떠올렸다. 그는 그의 침대가 편안하지 않았다. 그의 매트리스는 13년째 사용된 것이었고, 이불은 2년간 빨지 않은 상태였다. E는 침대가 지겨웠다. 통째로 버리고 싶었지만, 버리지는 못했다. 그에게는 버리고 싶지만 버리지 못하는 것들이 몇 가지 있었다.

E는 무대 위의 여자가 비명을 지르던 모습이 떠올랐다. 조가 괴성을 지르고 대마초를 피우던 모습. E는 연극의 제목이 궁금해졌다.

연극 제목이 뭐였지? 샤워를 마친 E가 동료 a에게 메시지를 보냈다.

주문과 매력. a가 E에게 곧 답장을 보내왔다.

주문과 매력. E는 연극 제목을 혼잣말로 중얼거렸다.

주문과 매력. 그는 침대에 누워 눈을 감고 연극의 장면들을 떠올렸다.

출근

지하철 유리 너머의 강에 떠 있는 것은 커다란 검정 비닐 봉지였다.

실종

E의 동료 a는 출근하지 않았다.

a는 1월 내내 출근하지 않았다.

a를 아는 모두가 a와 연락이 되지 않았다.

a는 2월 8일 실종 신고가 되었다.

a를 실종 신고한 사람은 a의 사촌이었다.

a에게는 부양해야 할 부모, 여자, 자식이 없었다. a는 그것에 힘입어 실종된 것이라고, E는 생각했다.

a가 실종된 이유의 40퍼센트는, 상사 백이 a에게 회를 강요했기 때문이라고, E는 생각했다.

환절기

비가 그치고 내리기를 반복했다.

검정색 우산

사무실과 집

어떤 점심

어떤 여자

어떤 벽

어떤 꿈

E는 상사와 함께 낚시를 다녀오고, 또 낚시를 다녀오고, 호수와 마트엘 갔다. 가끔 청소를 하고 빨래를 했다. 갑자기 배가 아팠다가 갑자기 배가 나았다. 바퀴벌레와 모기 여덟 마리를 잡았다. 여름이 됐다.

어두움과 비

그치지 않는 비 때문에 몇 개의 도시가 물에 잠겼다.

넘쳐 나는 비 때문에 괴질이 확산되었다.

원인 모를 스파크와 대형 화재가 빈발했다.

사람들은 종종 번개를 맞았다.

어쩌면 a도 번개를 맞았을 수 있었다.

a는 여름이 될 때까지 돌아오지 않았다.

E는 지쳤다. 비는 그치지 않았다. E는 이제 어두움과 비에 익숙해졌다. 그래서 그는 어두움과 비에 대해서 말하지 않았다. 덜 어둡거나 더 어둡거나. 창밖은 늘 어두웠다.

E는 자주 생선구이를 먹었다. 고등어나 도미 가끔은 연어를 구웠다. 우유로 저녁을 해결하기도 했다. 비는 두 달 동안 한 번도 그치지 않았다.

E는 비가 내리는 내내 성실했다. 그는 비가 내리기 전에도 성실했다. 지금처럼 성실하다면 그는 곧 그가 원하는 삶을 살 수도 있을 것이었다. 그러나 그는 배터리도 없고 충전기도 없었다.

충전기는 어디로 갔을까? E는 충전기를 사기로 결심했고, 마트로 향했다.

E는 그치지 않는 비의 원인을 구름 때문이라고 확신했다.

구름의 음모. 빗줄기가 굵었다. 그는 걸음을 빨리했다. 우산은 굵은 비로부터 E를 보호해 주지 못했다. E는 우산에 배신감을 느꼈다.

우산의 음모. E가 우산의 음모에 대해서 생각하는 동안 비는 더욱 거세졌다.

마트에 도착했을 때 E는 완전히 젖어 있었다. E는 이제 우산을 믿지 않기로 했다.

마트의 우산 코너는 비어 있었다. 생선 코너와 유제품 코너도 모두 비어 있었다. 그는 충전기 구입을 위해 전자기기 코너로 걸어갔고, 전자 기기 코너 역시 텅텅 비어 있었다. 사람들은 빈 카트를 끌고 다녔다. E는 빈손으로 마트를 나왔다. 그는 그가 알지 못하는 수많은 음모, 반드시 존재할 그 음모에 대해 곱씹으며 집으로 돌아갔다.

매일 닦아도 매일 새로운 곰팡이가 벽에 자라났다. 창밖의 어두움은 내 것이던가.

E는 방 안에 단 하나뿐인 창을 열었다. 담배를 물고 전봇대 아래에 쌓인 쓰레기를 바라보았다. 쓰레기는 정해진 날에 수거되지 않고 불규칙적으로 수거되었다. 갈색 개 한 마리가 쓰레기봉투 주위를 맴돌았다.

저것은 갈색 고양이일 수도 있다. E는 생각했지만, 그것은 개였다. 고양이일 리 없는 개였다. 비둘기일 리 없는 개였다. a

일 리 없는 개였다. 창을 통해 쓰레기 냄새가 올라왔다. E는 더 자고 싶었다. 잠들 때까지 쓰레기 냄새가 거슬릴 것이었다.

E는 자주, 더 자고 싶었다. 오랫동안 자고 일어난 뒤에도 그랬고, 잠깐 동안 자고 일어났을 때에도 그랬다. 더 자고 싶은 마음에 억지로 자고 난 후에도, 더 자고 싶었다. 더는 잘 수 없을 정도로 잠을 잔 뒤에 일어나 이를 닦으면서도 더 자고 싶었다. 변기에 앉아서는 그대로 잠들고 싶었고, 가끔은 정말 변기에 앉아 그대로 잠들기도 했으나 완전한 수면이 될 수는 없었다. 궁핍함일 뿐이었다. 그의 마음은 자주, 더 자고 싶었고, 그의 마음과 다르게 몸은 때맞추어 일어났으며 더 자지 못했다.

빨지 않은 옷들이 책상 위에 쌓여 갔다. 그는 옷들이 언젠가 무너질 것을 알고 있었다. 빨래는 그 전보다 더욱 결심이 필요한 일이 되었다. 그의 방은 충분한 습기와 어두움으로 곰팡이들이 자라기에 더없이 좋은 환경이 되었다. 곰팡이는 벽의 아래에서 위로 구불구불하게 자라났다. E는 벽에서 침대를 뗐다. 그래서 침대는 그의 방 한가운데에 자리하게 되었다. 방 한가운데서 자는 기분은 그리 좋지 않았다. 방 한가운데서 꾸는 꿈은 축축하고 어두웠다.

a는 어디로 갔을까. E는 침대에 누워 생각했다.

a는 어디로든 갔을 것이다.

a의 사촌이 E를 찾아온 적이 있었다. a의 사촌은 E에게 이것저것을 물었다. 이것저것 중에 E가 똑바로 대답할 수 있는 것은 없었다. a와의 친밀도, 연극을 함께 본 이유, a가 어디로 갔을지, 언제 돌아올지를, a의 평소 표정이나 습관 같은 것들을, E에게 물었다.

E는 난감하고 괴로웠다.

한동안 E는 사라진 a에 대해서 생각했다.

한동안 E는 a의 사촌에 대해서 생각했다. 조 이 개새끼.

어느 날 E는 잠에서 깨어 제일 먼저 a를 떠올리기도 했다. 그런 날에는 반드시 a의 사촌도 함께 떠올랐다.

어느 날 E는 잠들기 직전 a를 떠올리기도 했다. E는 a에 대한 꿈을 꿀 가능성이 다분했지만, 뜻밖에도 청소를 하는 꿈을 꾸었다.

꿈속에서 그는 그가 갖고 있는 옷들을 보았다. 개지 않고 쌓아 두었던 옷들이 무너졌다. 책상에서 방바닥으로 떨어졌다. 방바닥에 그것들은 아무렇게나, 규칙 없이 흩어졌다. 꿈속의 E는 한 시간 뒤에 약속이 있었고, 옷들을 다 정리하고 나면 약속 시간에 늦을 것이었다. 그러나 E는 옆에 떨어진 옷을 줍기 시작했다. E는 방 한가운데의 침대 주변을 맴돌며 옷을 주웠다. 양말. 팬티. 양말. 팬티. E는 쭈그려 앉아 오리걸음을 걸으며 주웠다. 문득 침대 밑을 들추었고, 거기에 더 많은 양말과 팬티가, 에어컨 리모컨과 나무젓가락, 먼지와 머리카락, 무수한 휴지 뭉치들이 있었다.

아아. 침대 밑의 어지럽고 더러운 광경에 E는 신음했다.

그리고 침대 밑에는 불투명한 플라스틱 상자가 여러 개 있었다. E는 침대 밑으로 팔을 뻗어 그중 하나를 꺼내었다. 상자 안에는 잃어버렸다고 생각한 지난날들의 사진이 여러 장 있었다. 그중에 여자의 사진도 한 장 있었는데, 그 여자의 이름이 떠오르질 않았다. 목소리도 떠오르지 않았다. 섹스를 하기는 했는데 그때 이 여자는 만족했던가. E는 사진을 들고 식은땀을 흘렸다. 이 여자의 혓바닥은 두꺼웠던가. E는 헤어진 여자와 관련된 것들을 기억해 내기 위해서 인상을 썼다. 약속시간에 늦을 것이었다. 버려야 할 것들이 너무 많았다.

지저분함의 연속.

무엇을 할 수 있을까.

침대 밑을 치운다 한들.

침대 밑을 청소하는 법은 배운 적도 없거니와.

침대 밑에서 잘 일은 없었다.

침대 밑은 침대 밑일 뿐이어서,

침대 밑은 침대 밑일 뿐이야. E는 꿈속에서 식은땀을 흘리며 중얼거렸다.

잠에서 깨어서도 E는 식은땀을 흘렸다. 잠에서 깬 E는 자리를 털고 일어나 창을 열었다. 쓰레기봉투 주변을 맴돌던 갈색 개는 사라지고 없었다.

잠에서 완전히 깬 E는 침대 밑이 궁금해졌다. 굳이 볼 이유는 없었지만 걷잡을 수 없는 마음이었다. E는 황급히 방바닥에 엎드려 누워 침대 커버를 들추었다. 예상한 그대로였다.

아아. 침대 밑의 어지럽고 더러운 광경에 E는 신음했다.

출근을 해야 했고, E는 들추었던 침대 커버를 다시 얌전히 덮어 놓았다. 그가 할 수 있는 것은 그게 다였다.

E는 미지근한 물로 세수를 하고 이른 출근을 했다.

비가 멈추지 않았다. E는 전봇대 옆을 지날 때 쓰레기 냄새에 역함을 느꼈다. 뜯겨진 쓰레기봉투에서 누런 물이 흐르고 있었고 E는 물의 출처에 대해서 생각해 보았다. 쓰레기와 물, 쓰레기의 물.

E를 비롯한 출근길의 모든 사람들은 우산을 쓰고 있었는데, 모두 비에 젖은 듯한 얼굴이었다. 비의 영향으로 우울을 감출 수 없었던 것이다.

사무실의 에어컨은 최대로 가동되었고, E는 속이 메스꺼웠다. E는 냉방병에 잘 걸리는 타입이었다. 돌아오지 않는 a에 대해서 이제 아무도 이야기하지 않았다. a의 부재는 익숙한 것이 되었다. 만약 지금 a가 돌아온다면, 어색한 일이 벌어진 것처럼 동료들과 상사는 당황할 것이었다. E는 조금 달랐다. a

의 마지막 메시지를 받은 사람은 E였다. 한동안 E는 자신이 a와 가장 가까운 사람인 듯 생각되었다.

점심시간에 E는 사라진 a에 대해 언급하고 싶은 유혹을 느끼기도 했다.

감기

비의 영향으로 E는 감기에 걸렸다.

감기에 걸린 E는 더 많은 땀을 흘려야 했다.

그는 앞으로 나이가 더 들 것을 예감했고, 확실한 것이었다. 만약에 그렇다면 앞으로 나는 얼마나 더 많은 땀을 흘려야 한단 말인가.

늙고 있다. 늙고 있어. E는 침대 위에서 앓았다. E는 무엇보다도 갈증을 이겨낼 수가 없었다.

잠들고 깰 때마다 빗소리가 났다.

창밖은 덜 어둡거나 더 어두웠다.

E는 침대에 누워 텔레비전을 틀었다. 요리 프로그램이 방영 중이었다.

출근

지하철에서 미친 사람을 봤어. E가 동료들에게 말했다.

미친 사람들이 점점 더 많아지고 있어. b가 말했다.

미친것들. c가 중얼거렸다.

미친 사람은 어디에든 있습니다. 하하. d가 말했다.

미친 사람은 어디에나 있던가. E가 생각해 보았고, 맞는 말인 것 같았다.

어디에선가, a는 미친 사람이 되어 있을 수도 있었다.

출근

7월 5일 E는 출근하고 싶지 않았지만 출근을 했다. E는 a가 사라진 이유를 하나 더 알아낸 기분이었다.

출근하고 싶지 않았던 거야. E는 거의 확신했다.

주문과 매력. a는 E에게 그렇게 메시지를 남기고 사라졌다. 사라지는 과정에서 그런 메시지를 보냈을 수도 있었다. a는 번개를 맞지 않았을 것이다.

크리스마스 이후에 전화기가 꺼진 그 여자는 어떨까? 번개를 맞았을 수도 있었다.

여관에서 등을 돌리고 잔 뒤에 약속을 취소한 그 여자는? 번개를 맞았을 것이다.

a는 다른 인생을 살고 있을까. E는 a의 또 다른 인생을 상상하기도 했다.

이국의 해변에서 선글라스를 끼고 누워 있는 a.

큰 프라이팬에 새우와 소시지를 볶고 있는 a.

숨겨 둔 아이의 숙제 검사를 하는 a.

예쁜 여자와 섹스를 하는 a. E는 a가 언제든 예쁜 여자와 잘 수 있다고 말했던 것을 떠올렸다. E는 술자리에서 잠결에 a의 말을 들었다. 그때 E는 a의 얼굴을 힐끔 쳐다보았고, 그렇게 말할 때 a의 얼굴은 진실해 보였다. 자신만만해 보였다.

나는 그때 a가 부러웠던가. E는 생각해 보았다. 부러웠던 것 같았다.

E는 예쁜 여자와 자 본 적이 없었다.

E는 몸도 얼굴도 그저 그런 여자와만 잤다. 그저 그런 여자들과의 잠자리는 그저 그래서 늘 무언가 아쉬웠다. 그마저도 이미 오래된 이야기였다.

섹스를 해야 해. E는 너무 오래 섹스를 하지 않았다는 것을 깨달았다.

섹스를 해야 해. 누구와. 언제. 어디서. E는 식은땀을 흘렸다.

점심은 무얼 먹을까? E가 동료들에게 물었다.

시켜 먹지. c가 말했다.

무엇을? b가 말했다.

E와 동료들은 중국 요리를 택했다.

전 특선 밥을 먹겠습니다. d가 말했다. d는 석 달 전 a를 대신할 인력으로 사무실에 들어왔다. d는 사무실의 누구보다도 상사와 잘 지냈다. d는 회를 잘 먹었고, 가끔은 상사와 함께 열을 올려 낚시에 대해 이야기했다. d는 절대 실종되지 않을 것이라고, E는 생각했다. d는 늘 웃는 표정이었는데, E는 그 점이 마음에 들지 않았다.

비가 멈추질 않아. b가 말했다.

지겨워. c가 말끝에 하품을 했다.

새벽엔 잠깐 그쳤습니다. 하하. d가 말했다.

중국 음식이 배달되기 전까지, E와 동료들은 멈추지 않는 비에 대해서 이야기했다.

이런 개 같은 일을 내가 왜 해야 해. 중국집 배달부가 음식을 탁자에 내려놓으며 말했다.

이런 개 같은 일을 내가 왜 해야 해. E가 짜장면 그릇의 랩을 떼어 내며 중국집 배달부의 말을 따라 중얼거렸다. 지나가던 상사가 E의 중얼거림을 들었다.

그런대로 먹을 만해. b가 말했다.

어. 그런대로. c가 말했다.

E가 보기에 특선밥은 그다지 특선된 것 같지 않았다.

특선 밥은 무슨 맛이야? E가 d에게 물었다.

안 드셔보셨습니까? 버섯 향이 진하고 녹말의 정도가 적당합니다. d가 대답했다.

그렇군. E는 그렇게 말한 뒤에 자기 그릇에 집중했다.

점심시간이 끝난 후 E는 오후 2시 10분부터 4시 30분까지 잠을 잤다. 그치지 않는 비의 영향으로 E는 오래 잠들 수 있었다. E의 동료들도 책상에 턱을 괴고 길게 잠을 잤다. 사무실의 에어컨이 최대로 가동되고 있었기 때문에, 낮잠을 자는 동안 E와 동료들은 한기를 느꼈다.

업무가 끝난 후에 E와 동료들은 맥주를 한잔하기로 했다. E와 동료들의 우산은 모두 검은색이었다. 그들의 검은 우산은 그들을 비로부터 보호하지 못했다. 그들 모두의 무릎과 신발이 젖었다.

왜 그치지 않는 거야. b가 말했다.

씨발. c는 욕을 하면서 걸었다.

곧 그칠 겁니다. d는 웃는 얼굴로 말했다.

그치지 않을 것 같아. E는 어쩌면 자신이 번개를 맞을 수도 있다고 생각했다. 번개를 맞고도 살아난다면, 얼마의 보험금을 탈 수 있을지, 그는 헤아려 보았다. 번개를 맞고 죽는다면, 얼마의 보험금이 부모와 형제에게 돌아갈까. 적은 금액이 아닐 것이었다.

번개를 조심해야 해. E가 동료들에게 말했다.

조심하는 것과는 별개야. b가 말했다.

씨발. c가 욕을 했다.

예방은 좋은 거죠. d가 말했다.

글쎄, 예방을 해도 말이야. 피해지는 게 아니래도. b가 우산을 들고 길 한가운데 멈춰 서서 말했다.

b는 번개를 맞은 적이 있었던가. E는 생각했다.

E와 동료들은 수제 소시지가 주 메뉴인 호프집으로 들어갔다. 호프집의 홀 안에서 기상예보가 방송되고 있었다. 앞으로 열흘 뒤에 비가 멈출 것이라는 예보였다. E와 동료들은 모듬 소시지와 모듬 치즈를 주문했다.

비 때문이야. b는 그렇게 말한 뒤에 맥주를 벌컥벌컥 들이켰다.

그럴 수 있죠. d가 말했다.

나도 기분이 좆같아. c가 말한 뒤에 맥주를 벌컥벌컥 들이켰다.

E는 어제, 그제 출근길에서 비둘기를 보지 못했다.

비둘기들이 사라졌어. E가 동료들에게 말했다.

그랬군. b가 대꾸했다.

비둘기들은 어딘가 잘 있을 겁니다. 하하. d가 말했다.

E와 동료들은 잔을 부딪쳤고, 그들은 각자 품고 있는 불만을 이야기했다. 그들은 서로의 불만에 관심이 없었지만 고개를 끄덕였다. 안주를 질겅이고 잔을 부딪치기를 반복했다. 그들의 옆 테이블에 여자 넷이 있었다. 여자들은 끊임없이 웃었다. 그중 한 명의 웃음소리가 기침 소리 같다고, E는 생각했다. E는 여자들의 얼굴을 자세히 보았다. 누구의 얼굴도 낯익지 않았다. E는 여관에서 키스를 했던 여자를 떠올렸다. 여자는 돌연 약속을 취소한 뒤로 다시는 E에게 연락하지 않았다.

E는 핸드폰의 연락처 목록을 차례차례 훑어 보았다. 크리스마스에 만나기로 했던 여자에게 전화를 걸었고, 여전히 전원이 꺼져 있었다. 미친년. E는 혼잣말로 중얼거리면서 피식 웃었다. 악감정이 있는 것은 아니었다.

세상에는 완벽한 실패라는 게 있어. 술에 취한 b가 느리게 말했다.

씨발. 술에 취한 c가 욕을 했다.

하하. 술에 취한 d가 웃었다.

술에 취한 E는 고개를 끄덕이며 졸았다. 동료들은 그의 고갯짓을 동의의 뜻으로 받아들였다. 그 자리에서 E가 동의할 것은 아무것도 없었는데, 동료들은 E가 동의하고 있다고 생각했다.

E와 동료들은 호프집에서 나와 포장마차를 향해 걸었다. 그들은 한 사람씩 뚝뚝 떨어져 아무렇게나 걸었다. 힘없는 걸음이었고, 그들은 비에 완전히 젖었다.

답이 없다. 술에 취한 b가 느리게 말했다.

씨발. 술에 취한 c가 하늘로 고개를 젖히고 소리쳤다.

하하. 술에 취한 d가 웃었다.

피곤해. E가 중얼거렸다.

그들은 이런 식의 대화를 두 시간 동안 이어 나갔다.

E는 집으로 돌아가는 택시 안에서 구토를 할 뻔했으나, 택시 안에서는 아니었다. E는 집 앞 전봇대를 붙잡고 구토를 했다. 수거해 가지 않은 쓰레기봉투 위에 그의 토사물이 떨어졌다. E는 아주 쉽게 쏟아 냈고, 빗줄기는 점점 더 굵어졌다. 술에 취한 E는 구토를 하다가 들고 있던 우산을 땅으로 떨어뜨렸다. 그는 비틀거리다가 땅바닥에 쓰러져 누워 버렸다. 넘어져서는 안 돼. 앞니가 부러져서는 안 돼. E는 이미 누워 있음에도 넘어질까 걱정되었고, 완전히 젖은 후였지만 우산을 써

야 한다고 생각했다.

E는 내리는 비를 다 맞으며 전봇대 옆에 누워서 잤다. 우산은 그와 아무런 상관없이 길바닥에 뒤집혀져 있었다. E의 토사물은 비에 씻겨 사라졌다. 세상의 완벽한 실패. 전봇대 옆에서 눈을 떴을 때 E는 온몸으로 비를 맞고 있었고, b에게 완벽한 실패가 무엇인지 묻고 싶었다. 메시지를 보내고 싶었으나 보내지 않았다. b가 완벽한 실패에 대한 답장을 보낸 뒤에 실종될 수 있다고 생각했기 때문이었다.

실종이라니.

E는 a의 얼굴과 목소리를 잊었다. 그러나 주문과 매력, a가 보낸 마지막 메시지는 기억에 남아 있었다. 앞으로도 오랫동안 잊히지 않을 것 같았다. E는 거의 매일 a에 대해서 생각했다. 반복되는 그 생각이 지겨웠다.

E는 길바닥에 뒤집어진 검정색 우산을 들고 집으로 들어갔다.

방 안의 곰팡이는 그가 집을 비운 사이에 벽에서 천장으로 진행되어 있었다.

a가 있는 곳에는 곰팡이가 없으리라. a가 있는 곳이 어디든, 그곳에는 곰팡이가 없을 것이라고, E는 확신했다. E의 확신에는 아무런 근거가 없었다.

출근

E가 다시 출근했을 때, 상사는 몹시 화가 나 있었다. 전혀 관리가 되지 않는다는 이유에서였다.

이런 식이면 너희 다 잘릴 수 있어. 다 자를 수 있다고, 상사는 소리쳤다.

E는 상사의 갑작스러운 다그침이 그치지 않는 비의 영향이라고 생각했다. E는 구체적으로 무엇이 관리가 되지 않는다는 것인지 알 수 없었다. E는 상사에게 별다른 대꾸를 하지 않았다. E는 자기 자리에 앉아 약간 고개를 숙이고 있었다. 상사 백은 파티션 사이로 부하 직원들의 머리통을 살펴보며, 그들의 머리통이 반성의 태도를 보이고 있는지 어떤지 알아내기 위해 노력했다.

이 꼴통들아! 별안간 상사 백은 자기 자리에서 벌떡 일어서서 소리쳤다.

점심시간

백은 그 정도야. 점심시간이 되었을 때 b가 말했다.

E와 동료들은 점심을 해결하기 위해 쌀국수 가게로 향해

걸었다.

관리가 안 되는 건 사실입니다. d가 말했고,

뭐가 관리가 안 된다는 거야? b가 d에게 물었다.

모든 것이요. d가 대답했다.

씨발. c가 중얼거렸다.

모든 것이 관리되고 있지 않은가. E는 생각해 보았고, 그런 것도 같았다. 에어컨은 언제나 최대로 가동되었고, 환기가 되지 않아 사무실의 공기는 늘 탁하고 무거웠다. 복사기는 때때로 전원이 켜지지 않았다. E가 생각할 수 있는 사무실의 모든 것은 여기까지였다.

그래. 모든 것이. E가 말했다.

비 때문이야. b가 말했다.

씨발. c가 중얼거렸다.

식사를 마친 E와 동료들은 커피를 마시지 않고 곧장 사무실로 돌아갔다. 사무실로 돌아가는 길에 천둥 번개가 두 번 쳤다.

지겨워. b가 두 손으로 양쪽 귀를 막았다.

오후 업무 중에, 2시 10분부터 3시까지 E는 책상에 엎드려 잠을 잤다. b와 c 역시 그와 비슷한 시간에 잠들었다가 깼다. 상사 백 또한 비슷한 시간에 잠들었다가 깼다. d는 잠들지 않았다. d는 잠이 없는 편이었고, 깨어 있는 d는 잠든 상사와 동료들을 차례, 차례, 살펴보며 전혀 관리가 되지 않고 있다고 생각했다.

주말

일요일, E는 잠에서 깨자마자 마트로 향했다. E는 눈을 뜨자마자 고등어를 구워 먹고 싶었던 것이다. 그러나 마트의 생선 코너가 텅텅 비어 있었다. E는 생선을 대신해 즉석 카레와 햄버거 빵, 500밀리리터 맥주 세 캔을 샀다.

집으로 돌아오는 길에 번개가 빈번했다.

누군가 번개를 맞았을 것이라고, E는 생각했다.

틀린 생각이었다. 그 번개를 맞은 사람은 없었다.

E가 집으로 돌아왔을 때 곰팡이는 천장으로 좀 더 진행되어 있었다. E는 천장을 쳐다보지 않으려 노력했다. E는 즉석 카레를 전자레인지에 돌리고 빵을 접시에 담았다. E는 야채가 필요하다고 생각했다. 마트 안의 야채 코너가 비어 있었던가. 기억나지 않았다.

E는 창밖을 보면서 맥주를 마셨다. 창밖은 어두운 노란색이 되거나 아주 캄캄해졌다. 번개가 번쩍이고 천둥이 쳤다. 그것의 반복.

E는 텔레비전을 켰다. 토크쇼에 은퇴한 사격 선수가 게스트로 초대되어 있었다.

사는 게 사는 게 아니었습니다. 우울증 아닌 우울증이었죠. 사격 선수는 그렇게 말했다. 한때 겪었던 슬럼프를 이야기하는 것 같았다. 거지 아닌 거지가 되는 기분 아십니까? 사격 선수는 그런 식으로 말하는 버릇이 있는 것 같았다. E는 그런 식의 말하기가 어떤 효과를 낼 것이라고 생각했다. 주말이 끝나고 다시 출근을 하게 되면 사무실의 동료들에게 그런 식의 말하기를 보여 주리라, E는 결심했다.

카레 아닌 카레와 빵 아닌 빵을 다 먹은 후에 창문 아닌 창문을 열고 담배 아닌 담배를 피워야지. 동료들이 나를 따라 하겠지. 동료 아닌 동료들이.

사격 선수 아닌 사격 선수는 토크쇼 말미에 눈물 아닌 눈물을 보이기도 했다. E는 토크쇼가 끝나기 전에 맥주 세 캔을 다 마셨다. E는 맥주를 더 마시고 싶었다. 그러나 또다시 나가기는 귀찮아서 한숨을 쉬었다.

E는 창을 열었다. 노랗거나 아주 어두운 세상에서, 교회 십자가의 빨간 조명이 빛을 내고 있었다. 비는 그치지 않았고 내내 어두웠기 때문에, 교회는 밤낮 가리지 않고 십자가에 조명을 켰다.

여자를 주십시오. E는 교회의 빨간 십자가를 쳐다보면서 속으로 중얼거렸다.

여자를 주십시오. E가 하는 기도는 기도 아닌 기도였다.

여자를 주십시오. E는 기도에 무게를 싣기 위해 눈을 감고 두 손을 모았다.

여자를 주십시오. E가 눈을 감고 중얼거리는 동안 번개가 번쩍였다.

여자를 주십시오. E의 기도 아닌 기도는 좀 더 기도다운 것이 되어 갔고, 곧이어 천둥이 큰 소리를 냈다. E가 천둥소리에 놀라 눈을 떴을 때, 갈색 개가 전봇대를 향해 걸어오고 있었다.

개 아닌 개가 걸어오고 있군. E는 생각했다.

창밖에 움직이는 것은 갈색 개와 내리는 비가 전부였다.

전봇대 아래 쓰레기봉투가 모두 사라지고 없었다.

미래

7월 9일 다시 E는 출근을 했고, 그가 출근했을 때 동료들은 권위에의 호소, 완벽성, 자가당착, 환원법, 반증, 우상향에 대해 이야기하고 있었다. d가 이야기를 주도하고 있었는데, E는 d가 학원 강사 같다고 느꼈다. 실제로 d는 학원 강사 경력이 있었다. E는 그것을 알지 못했다.

사무실에서 곰팡이 냄새가 나기 시작했고, E는 사무실의 벽과 천장을 꼼꼼히 살펴보았다. 곰팡이가 어디에서부터 시작되었는지 알아내고 싶었지만, 알아내지 못했다. E는 설탕을 세 스푼 넣어 커피를 탔다.

E는 커피를 마시면서 며칠 전 b가 말했던 세상의 완벽한 실패에 대해 생각했다. E는 컴퓨터를 켜고 검색창에 '실패'를 입력했다.

반짇고리 제구의 하나. 바느질할 때 쓰기 편하도록 실을 감아두는 작은 도구.

E는 실패의 검색 결과가 마음에 들었다.

세상의 완벽한 반짇고리 제구의 하나. 바느질할 때 쓰기 편하도록 실을 감아두는 세상의 가장 완벽한 도구.

E가 커피를 마시며 실패에 대해 음미하고 있을 때, 동료들은 심오한 이야기를 계속해서 이어 나갔다.

미래를 생각해야 합니다. d가 말했다.

d는 중고등학생을 상대로 하는 종합 학원에서 물리와 사회를 강의한 경력이 있었다.

미래를 생각해야 합니다. d가 말했고, b와 c가 고개를 끄덕였다. d는 미래를 대비해야 한다고 말했다. 미래는 대비할 수 있는 것입니다. d의 목소리는 낮은 편이었다. E는 d의 목소리를 들으며 자고 싶었다.

미래라니.

E는 d의 목소리를 들으며 잠들고 싶었지만, 뜻밖에 치통이 시작되었다. E는 사랑니의 삐뚤어짐을 경고하던 치과 의사가 떠올랐다. 치과 의사의 얼굴은 어떠했던가. 나를 걱정했던가. 심각했던가. 웃고 있었나. 사랑니의 음모가 드러나고 있었다.

대비해야 합니다. d는 종말에 대비해야 한다고 말했다.

종말에 관한 이야기는 점심시간까지 이어졌다. 종말 직전에 무엇을 먹어야 할까. E와 동료들은 점심 메뉴를 고심했다. 그들은 샤브샤브를 먹기로 했다. 종말과 샤브샤브의 관계는 밝혀지지 않았고 다만 c의 의견이었다. E는 치통 때문에 잘 먹을 자신이 없었다.

E와 동료들은 사무실을 빠져나와 하늘을 올려다보았다. 크고 어두운 구름이 천천히 흘렀다. 비는 거의 내리지 않는 것처럼 내렸다. 그들은 우산을 쓰지 않고 걸었다.

문제가 있어. b가 말했다.

씨발. c가 말했다.

비 때문에. E가 말했고, 그는 비 때문에 치통을 느끼는 것이라고 생각했다.

E와 동료들은 15분간 대기한 뒤, 홀의 한가운데에 있는 테이블에 자리잡게 되었다. 벽면에 설치된 대형 텔레비전에서 주말에 큰 비를 예고했다.

얼마나 더 내리겠다는 거야. b가 말했다.

씨발. c가 말했다.

이가 아파. E가 말했다.

E와 동료들은 양지 육수와 소고기, 여섯 가지 야채와 세 종류의 버섯을 주문했다.

홀 안의 에어컨은 최대로 가동되고 있었다. 직원들은 양손에 빈 접시를 들고 바쁘게 움직였다. 부딪히겠지. 부딪히고 말겠지. 앞니가 부러지겠지. E는 생각했다. 그러나 홀 안에서 움직이는 사람들 누구도 부딪히지 않았고 앞니도 부러지지 않았다. E는 습관처럼 앞니가 부러지는 상상을 했다. E는 입 안에 물을 머금었다. 삼키지 않고 오래 가만히 있었다. 치통이 나아지리라는 기대 때문이었는데, 전혀 나아지지 않았다.

그들의 바로 옆 왼쪽 테이블에 여자 셋이 앉아 있었고, 그들의 바로 옆 오른쪽 테이블에 여자 넷이 앉아 있었다. 여자들은 끊임없이 웃었다. 튀는 얼굴이 없었고, E는 섭섭함을 느꼈다. E는 예쁜 여자를 본 지 오래되었다.

포화 상태군. b가 말했다.

어느 시점부터 사람들이 샤브샤브에 환장하는 경향이 있

어. c가 말했다.

곧 그들의 대화 주제는 '경향성'이 되었고, E는 대화에 참여하지 않았다.

E는 치통 때문에 식사를 하는 내내 불편했다. 왼쪽 어금니가 아픈 것 같은데, 정확히 몇 번째 치아가 아픈 것인지 알 수 없었다. E는 왼쪽 턱뼈와 왼쪽 눈, 왼쪽 코, 왼쪽 관자놀이에 통증을 느꼈다. E는 육수에 담겨 있는 버섯을 건져 오른쪽으로 씹었다. 그는 버섯 다섯 조각과 익은 배추 한 조각을 먹은 뒤에 식사를 포기했다.

E는 열심히 식사 중인 동료들을 바라보았다.

E의 동료들은 땀을 뻘뻘 흘리며 야채와 버섯, 소고기를 먹었다.

나이가 들고 있군. E는 동료들이 땀을 흘리는 이유에 대해서 나이가 들고 있기 때문이라고 생각했다.

벽에 걸린 대형 텔레비전에서 비로 인해 휴교령이 내려질 것이라는 예보가 방송되고 있었다.

얼마나 더 내린다는 거지. b가 말했다.

그러게 말입니다. d가 말했다.

씨발. c가 말했다.

근래에 c는 짜증이 늘었다.

주말에 뭘 하십니까? d가 E에게 물었다.

E는 주말에 뭘 할지 생각했다. 정해 놓은 일은 없었다.

글쎄. E가 대답했다.

자야지. b가 말했다.

씨발. c가 말했다. E는 비의 영향으로 c가 예민해졌다고 생각했다.

d는 E에게 실내 낚시를 가자고 제안했다.

곧 휴교령이 내려진다잖아. 어디를 가. 집에 있어야지. E는 실내 낚시 제안을 거절했다.

하하. d가 웃었다.

낚시터는 학교가 아닙니다. 하하. d가 더 큰 소리로 웃었다. E는 왜 하필 자신을 지목하여 낚시를 가자고 제안했는지 알 수 없었다. b, c가 아닌 자신을 지목한 것에 기분이 상하는 것도 같았다. 그러나 E는 치통이 점점 더 심해져서 기분이 상해야 하는지 아닌지를 판단할 수 없었다.

백과 함께 가. b가 말했다.

그래. 백과 함께 가. c가 거들었다.

아닙니다. 하하. d가 계속 웃었다. b와 c는 심드렁한 얼굴을 하고 있었고, E는 치통 때문에 인상을 쓰고 있었다.

그들이 식사를 모두 마쳤을 때 빗줄기가 다시 굵어졌다.

E와 동료들은 샤브샤브 가게를 나와 하늘을 올려다보았다. 그들이 고개를 들자마자 번개가 번쩍였다. 그리고 곧 천둥이

내리쳤다. b는 한 손으로 귀를 막았다.

정말 지겨워. b가 말했고,

하하. d가 웃었다.

E는 치통 때문에 웃을 수 없었다. 아무 말도 할 수 없었다.

E와 동료들은 각자 우산을 쓰고 각각 떨어져서 걸었다. E는 어깨와 허벅지에 힘을 주고 물웅덩이를 겅중겅중 넘었다. E는 빗길에 미끄러져 넘어지고 싶지 않았다.

하하. 넘어질까 봐 그러십니까? d는 E가 지나치게 신경 써서 걷고 있음을 지적했다.

어. E는 치통 때문에 짧게 대답했다.

미끄러져도 좋다. 이렇게 생각하십시오. 하하. d가 웃으며 말했다.

번개와 천둥이 쳤다.

정말 지겨워. b가 말했다.

씨발. c가 말했다.

사무실로 돌아왔을 때 E와 동료들의 신발이 축축하게 젖어 있었다. 동료들은 젖은 신발에 대해서 한마디씩 불평을 했다. E는 점점 더 심해지는 치통 때문에 젖은 신발에 대해 불평을 할 수 없었다. E는 잔뜩 인상을 쓰고 침을 삼켰다. 뜨거운 침이 입 안에 자꾸 고였다.

E는 예외적으로 졸음을 잘 참지 못했고, 오후 업무가 시작

되면 잠을 자는 습관이 있었는데, 점점 더 심해지는 치통 때문에 도저히 잠들 수 없었다. E는 미지근한 물을 머금고 눈을 껌뻑거렸다. 그의 안경에 김이 서렸다. 치통 때문에 열이 올랐기 때문이었다.

어마어마하게 많은 변화가 있을 겁니다. d가 말했다. d가 말하는 미래에는 종말과 어마어마하게 많은 변화가 있었다. E는 치통 때문에 d가 하는 말을 알아들을 수 없었다. 그러나 꼭 치통 때문만은 아니었다. 치통이 아니었대도 E는 d가 하는 말을 다 알아듣지 못했을 것이다.

가능한 한 가까운 미래부터 대비해야 합니다. d의 목소리는 낮은 편이었지만 울림이 크고 발음이 분명했다. d는 한 주제에 대해서 오래 이야기했다. 동료들과 상사는 d의 이야기를 집중해서 들었다.

일요일이 되겠지. E는 생각했다. 머지않은 E의 미래에 일요일이 있었다. 그는 토요일에 치과를 가야겠다고 결심했다. 모두 뽑겠어. 모두.

미래

7월 12일 토요일이 되었고, E는 오전 9시에 치과엘 갔다.

영 좋지 않네요. 치과 의사가 그의 입속을 뒤적이며 말했다.

E는 잇몸에 마취 주사를 두 대 맞았다. 주삿바늘이 그의 잇몸 속을 헤집었다. E는 몇 번 신음 소리를 냈다. E는 완전히 마취가 될 때까지 15분 동안 대기실 소파에 앉아 있었다. 푹신한 보라색 소파였다. E는 눈을 감고 소파에 얼마나 많은 진드기와 미세먼지가 붙어 있을지 상상했다. 어마어마하게 많은, E는 d의 낮은 목소리가 떠올랐다. 말이 많아. E는 d가 말이 많다고 생각했다. d는 말이 많을 뿐더러 E의 인생에 도움이 되지도 않았다. a는 비록 실종되었지만 할 말만 하는 스타일이었다. 그런 까닭에, E는 a가 그립다고 느꼈다.

그리움이라니.

이상하군. E는 a에게 그리움을 느낀다는 사실이 이상하게 여겨졌다. 그는 혼자 피식 웃었다. E는 소파에서 일어나 팔짱을 끼고 대기실 안을 천천히 걸었다. 진열된 치아 모형과 치료에 쓰이는 재료들을 살펴보았다. 알코올 냄새와 기계음이 치과 내부에 가득했다. E는 벽에 걸린 치과 의사의 이력을 읽었다. 치과 의사는 열다섯 줄의 이력을 지니고 있었고, 그중에는 미국에서의 활동이 쓰여 있었다. 어느 단체에서 중역으로 활동한 경력도 쓰여 있었다. 대단하군.

탄산음료가 가장 안 좋아요. 의사가 E에게 다가와 말했다. E는 단것을 좋아하지 않는다고 대답하고 싶었으나 마취주사의 영향으로 턱과 혀가 굳어 가고 있었다. 그는 말하기가 불편해서 대답하지 않았다.

금연하세요. 의사가 옆으로 좀 더 다가와 말했다.

E는 잠자코 있었다.

의사는 앞으로 E가 해야 할 치료에 대해서 설명하기 시작했다.

4번 치아와 12번 치아의 신경 치료, 새롭게 썩어 가고 있는 9번 치아에 대해서. 삐뚤어진 사랑니를 당장 뽑을 것과 금이 간 앞니의 미래는 좀 더 살펴 볼 것. 모든 치료를 위해 두 달 정도의 기간이 소요된다고, 의사는 말했다.

우울하군요. E는 의사에게 말했다. 말하는 동안 E는 뻣뻣해진 혀를 의식했다.

치료하면 됩니다. 의사는 웃으며 대답했다.

의사는 E의 마취 여부를 확인했다. E는 진료용 의자에 다시 앉았고, 의자는 서서히 뒤로 젖혀졌으며 얼굴 정면으로 눈부신 조명이 비쳤다. 그리고 E의 얼굴에 초록색 천이 덮였다.

E는 초록색 천 아래에서 눈을 껌뻑거렸다. 의사 옆에 서 있는 간호사가 웃었다. 간호사의 웃음소리가 기침 소리 같았다. 정말 감기에 걸린 걸까. E가 그런 생각을 하는 동안, 의사가 그의 잇몸을 찢었다. 의사는 잇몸 속에 단단하게 박혀 있는 사랑니를 흔들었다. 사랑니는 어금니를 공격하는 각도로

삐뚤어져 있었고, 한 번에 뿌리째 뽑기 위해서 의사는 어깨와 팔, 악력을 이용했다. E는 몇 번 억, 억, 소리를 냈다. 의사는 뭐라고 작게 중얼거렸고, 간호사가 다시 웃었다.

이런 개 같은 일을 내가 왜 해야 해. 의사가 그렇게 중얼거린 것은 아니었고, 다만 E는 중국집 배달부가 떠올랐다.

이런 개 같은 일을 내가 왜 해야 해. E는 치과 진료용 의자에 비스듬히 누워 있는 일이 개 같다고 생각했다. 개 같은 이 뽑히기가 마침내 끝났을 때 의사가 감탄사를 뱉었다.

크기도 아주 큽니다. 의사는 쫙 벌려진 E의 입안을 내려다보며 말했다.

크고 지독하군요. 엑스레이와 실물은 또 다릅니다. 의사가 말했다.

E는 몇 번 어, 어, 소리를 냈다. E의 입은 벌려져 있었고, 벌려진 입안에 침과 피가 잔뜩 고여 있었다.

의사는 사랑니를 빼기 위해 찢은 잇몸을 다시 꿰맸다. E는 지혈을 위해 두 시간 동안 꿰맨 자리에 솜을 물고 있어야 했다. 여자 간호사는 의사 옆에 서서 자꾸 웃었다. E는 어떤 여자든 좋으니, 여자에게 메시지를 보내고 싶었다.

섹스를 해야 해. E는 생각했지만 그다지 결의에 찬 다짐은 아니었다.

그는 그가 무엇을 원하는지 알지 못했다.

술 드시면 안 됩니다. 의사는 E에게 사랑니를 뺀 후에 주의할 점 몇 가지를 말했다. E는 의사가 엄격한 편이라고 생각했다.

E는 마취가 덜 풀린 턱이 얼얼했다. 혓바닥은 더욱 뻣뻣해졌으며 혀 밑에 자꾸 뜨거운 침이 고였다. 그는 이질적인 맛의 침을 뱉고 싶었으나, 지혈을 위해서 고이면 고이는 대로 다 삼켰다.

E는 치과를 나와 건물 내부의 복도를 걸었다. 치과 옆에는 내과가 있었다. 내과 옆에는 피부과가 있었다. 피부과 옆에는 정형외과가 있었고, 정형외과 옆에는 이비인후과가 있었다. 연쇄적인 알코올 냄새. E는 입안에 고이는 침에서 알코올 냄새가 난다고 느꼈고, 그래서 스스로 치과, 내과, 피부과, 정형외과, 이비인후과의 규칙 중 일부가 된 것 같았다. 그는 복도의 끝에서 끝으로 천천히 걸었다. 길고 밝은 복도에서, E는 오늘 무얼 더 할 수 있을지 생각했다. 잠이 오는 것도 같았다. 배가 고픈 것도 같았다. 여자에게 메시지를 보내고 싶었다. 새롭게 썩기 시작한 9번 치아와 금이 간 앞니의 미래에 대해서 생각했다.

미래라니.

매력

「주문과 매력」의 앙코르 공연을 알리는 이메일이 E에게 도착했다. a의 사촌이 보낸 것이었다. 공연은 월요일부터 수요일, 저녁 8시였다. 똑같은 내용의 이메일이 a에게도 도착했을지, E는 궁금했다. 어쩌면 a가 극장을 찾을 수도 있었다.

E는 수요일 저녁 퇴근 후에 극장으로 향했다. 동행은 없었다.

무대 위의 여자는 뺨을 두 대 맞았다. 그리고 배를 걷어차였다. 여자는 비명을 질렀다. 객석의 몇몇은 귀를 막았다. E는 여자의 발성이 대단하다고 생각했다. 여배우는 발목까지 오는 얇은 가운을 입고 있었다. 작은 움직임에도 가운은 광택을 내며 가볍고 찰랑찰랑하게 흔들렸다. 부드러워 보였다. 여배우는 가운 안에 속옷을 입지 않았고, E는 여배우의 두 가슴이 자유롭게 흔들리는 것을 보았다. 특히 여배우가 바닥에 쓰러져 배를 걷어차일 때 가슴의 움직임이 잘 보였다. 샤워를 마친 여배우가 조에게 맞는 설정이었다. 조는 강도였다. a의 사촌, 무지막지한 새끼. E는 a의 사촌이 무지막지하다고 생각했다. 그러나 무지막지한 것은 a의 사촌이 아니라, 조였다. E는 그것을 잘 구분하지 못했다. E는 분별력이 뛰어난 사람이 아니었다. 여배우의 비명과 조의 괴성이 계속되는 무대였다. 무대 위에 연기가 자욱해지며 조가 대마초를 피우는 장면이 연출되었고, E는 공감하지 못했다.

도대체 왜. 대마초를. 왜. 조는 여러 장면에서 대마초를 피웠다. E는 객석에 얼마나 많은 진드기가 붙어 있을지 상상했다.

암전.

설정만을 보여 주고 암전.

아무것도 설명되지 않고 다시 암전.

암전.

암전은 무대 위의 유일한 개연성이었다.

무대 위에서는 많은 일들이 벌어지고, 벌어지고, 벌어졌다. 무대 위에서 해결되는 것은 아무것도 없었다. E는 무대에서 벌어지는 무책임함을 이해할 수 없었다.

이렇게도 재미없는 것을 만들기 위해서. E는 생각했다. 그는 이렇게도 재미없는 것을 만들기 위해 필요했을 것들을 생각해 보았다. 인내와 노력 같은 단어가 떠올랐다.

소모적이군. E는 고개를 가로저었다.

E는 자고 싶었지만, 잠이 오질 않았다. 극장 안의 곰팡이 냄새 때문에 잠을 이룰 수 없었다.

연극의 마지막은 여배우가 뒤돌아서서 가운을 벗는 장면이었다. 여배우에게 어두운 주황색 조명이 비춰졌고, 그녀는 무대의 오른쪽 구석에서 뒤로 돌아 가운을 벗었다. E는 여배우의 등이 어둡다고 느꼈다.

마지막 장면의 막이 내리고 객석에서 박수가 터져 나왔다. 다시 막이 오르고 배우들이 나타나 객석을 향해 인사를 했다. 여배우는 그사이에 다시 가운을 걸쳐 입고 있었다. 만약에 여배우가 전라의 모습으로 인사를 했더라면, E는 아쉬움을 느꼈다.

여배우는 가운을 걸치고 있었고, 큰 입을 늘려 웃고 있었다.

웃지 않는 것이 나은 여자군. E는 무대를 향해 박수를 치며 생각했다.

애증, 복수, 권태, 폭력, 불합리 같은 것을 이야기하는 연극이라고, E는 생각했다.

애증, 복수, 권태, 폭력, 불합리에 대해서, E는 사실 잘 알지 못했다.

애증, 복수, 권태, 폭력, 불합리. 한 집 건너 한집, E가 애증, 복수, 권태, 폭력, 불합리에 대해 알고 있는 것은 그게 다였다.

어째서 주문과 매력이지? E는 a에게 묻고 싶었다.

어째서 주문과 매력이죠? E는 조 역할을 맡았던 a의 사촌에게 묻고 싶었다.

집으로 돌아가는 길에 E는 아쉬움을 느꼈다. 그는 핸드폰을 꺼내었다. 그리고 곧 포기했다. 연락처 목록의 64명 중 누구에게도 연락하고 싶지 않았다. 그는 24시간 편의점으로 들어가 담배 한 갑과 맥주 한 캔을 샀다. 맥주를 마시고 담배를 피우고 나면 모든 것이 나아지리라는 기대가 있었다. 그의 기대는 소박한 편이었다. 그러나 그 기대가 쉽게 이루어지는 것은 아니었다. 맥주 한 캔을 다 마시고 담배 한 대를 다 피웠지만 나아지는 것은 아무것도 없었다. 빗줄기가 더 굵어졌을 뿐이었다. E는 검정색 우산을 쓰고 인도의 가로수 옆에서 있었다. 사람은 보이지 않았다. 도로를 지나는 차가 한 대도 없었다.

애증, 권태, 폭력, 불합리는 그 얇고 부드러운 가운에서부터 시작된 것이리라. E는 생각했다. E는 여배우의 가운을 만져보고 싶었다. E는 그날 밤 여배우의 부드러운 가운을 상상하며 자위를 하고 싶었는데 너무 피곤해서 그러지 못했다. E는 잠들기 직전까지 자위를 하고 싶었다. E가 잠든 사이에 곰팡이는 천장으로 좀 더 진행했다. E가 그날 밤 꾸었던 꿈은 곰팡이와 관련된 것이었다.

요트와 장미

a에게는 어떤 취미가 있었습니까? E는 a의 사촌에게 메시지를 보냈다.

테트리스입니다. a의 사촌은 사흘이 지난 후에 E에게 답장을 보내왔다.

요트나 장미와 관련해서는요? E는 a의 사촌에게 다시 메시지를 보냈고,

잘 모르겠습니다. 다시 사흘이 흐른 후에 a의 사촌이 E에게 답장을 보내왔다.

E는 a의 사촌이 불친절하다고 느꼈다. 그러나 불평하지 않았다.

a의 꿈은 무엇이었습니까? E는 a의 사촌에게 다시 메시지를 보냈다.

모르겠습니다. a의 사촌은 사흘이 지난 후에 E에게 답장을 보내왔다.

바다나 꽃에 관련된 꿈이 있었습니까? E는 a의 사촌에게 다시 메시지를 보냈다.

글쎄요. a의 사촌은 사흘이 지난 후에 E에게 답장을 보내왔다.

조 이 개새끼. 그러니까 네가 개새끼라고, E는 생각했다.

산책

E는 검정색 우산과 함께 집을 나섰다. 집을 나서고 얼마 지나지 않아 신발이 젖었다. E는 동료 c의 마음을 이해할 수 있을 것 같았다. c는 길을 걷다 신발이 젖으면 즉시 욕을 하곤 했다.

E는 장화를 사기로 결심했다. 하지만 마트 안의 장화 코너가 비어 있을 수도 있었다. 마트에 장화가 없다면 어디에서 장화를 사야 한단 말인가. 그 많은 빨래는 언제 세탁한단 말인가.

도대체.

E는 도대체, 도대체, 속으로 중얼거렸다.

E는 검정색 우산과 함께 호수로 향했다. 호숫가로 향하는 길에 E는 단 한 명의 사람도 보지 못했다. 단 한 마리의 비둘기도 보지 못했다. 한 마리의 개도 보지 못했다. 그가 사는 지역구에는 사람과 개와 비둘기 외에 94종의 동물이 살고 있었다.

사람들은 집에 있겠지. E는 생각했다.

비둘기와 개는 어디로 갔단 말인가. 도대체. E는 생각했다.

E는 개보다도 비둘기의 행방이 더 궁금했다. 아마 다리 밑에 둥지를 틀었을 것이라고 짐작했다. 혹은 다른 나라로 날아

갔을 수도 있었다. E는 비가 내리지 않는 나라들을 떠올려 보았다. 그런 나라는 없었다.

E는 호숫가로 향하는 좁고 가파른 골목에서 미끄러지지 않기 위해 주춤주춤 걸었다. 그는 미끄러지지 않는 장화가 필요하다고 생각했다. 빗길에 미끄러지지 않는 신발. 젖지 않는 신발. E에게는 그런 것이 필요했다. E는 젖고 싶지 않았고 미끄러지고 싶지 않았다. E는 검정색 우산을 쥔 왼손에 단단히 힘을 주었다.

호숫가에 도착하기 위해선 비포장도로를 500미터 걸어야 했다. 횡단보도가 없는 4차선 도로를 건너야 했다. 천둥 번개가 빈번했고, 바람이 거셌다. 4차선 도로를 급히 뛰어가던 중에 E의 우산이 바람에 뒤집혔다.

호숫가의 흙과 풀이 축축하게 젖어 더 짙게 색을 내고 있었다. 어두운 초록과 어두운 갈색이 호숫가에 있었다. 호숫가에는 사람, 개, 비둘기, 그 외 94종의 동물은 없었고, 단 세 종류의 풀이 자라고 있었다. 세 종류의 식물은 서로 얽힌 채 크게 자라나 있었다.

이렇게 비가 오는데도. E는 생각했다.

어째서 범람하지 않는가. E는 호수를 바라보았다.

관리가 잘 되고 있군. E는 그렇게 결론을 내렸다. 사무실의 관리되지 않는 모든 것들에 비해 호숫가의 풀과 흙은 균일하게 어두웠고, 호수의 물결은 질서 있게 반복되었다. E는 균일하고 질서 있는 것들의 아름다움을 누군가와 공유하고 싶었다.

E는 자신을 둘러싼 생활에 균일함과 질서를 주고 싶다고 생각했다. 빨래와 곰팡이에 대해서 대책이 필요했다. 빨래와 곰팡이에 대한 E의 생각은 소모적인 것이었다. 그는 자신의 생각이 소모적이라는 것을 알고 있었다.

소모. 소모. 소모. E는 중얼거렸다.

소모. 소모. 소모. 호수에 비가 떨어지는 속도에 맞추어 중얼거렸다. E는 빠르거나 느리게 소모. 소모. 소모. 중얼거렸다.

소모. 소모. 소모. E는 중얼거리다가 권총으로 호수를 쏘고 싶은 마음이 생겼다. 비로부터 시작되는 원을 향해 쏘고 싶었다. 호수의 밑바닥에 가라앉은 무언가가 E의 총알을 맞을 것이었다.

탕. 탕. 탕. E는 명중과 관련하여 다른 소리를 상상할 수 없었다.

이렇게 비가 오는데도.

호수는 범람하지 않았고 비는 영원히 그치지 않을 것 같았다. 비는 정말 영원히 그치지 않을 수도 있었다.

요트와 장미를 동시에 갖는 삶은 어떤 것인지, E는 상상할 수 없었다.

요트나 장미에 대해서 어떻게 생각해? E는 a에게 메시지를 보냈다. a는 실종되었기 때문에, a에게 보내는 메시지 역시 실종될 것이다. E가 생각하는 실종이란, 아득하고 머나먼 것이었다. 아득하고 머나먼, E는 요트나 장미에 대해서도 같은 생각을 하고 있었다.

요트에 대해서 어떻게 생각하세요? E는 여자에게 메시지를 보냈다.

동료

d는 말이 많을 뿐더러 E의 인생에 도움이 되지 않았다. d는 주춤주춤 걷는 E를 볼 때마다 웃으면서 말했는데, E는 서서히 d의 웃음이 거슬리기 시작했다.

넘어지지 않습니다. 하하.

미끄러지지 않습니다. 하하.

겁이 많으십니까. 하하.

계단은 위협적인 존재가 아닙니다. 하하.

물웅덩이는 어디에든 있습니다. 하하.

위험하지 않습니다. 하하.

위험하지 않다고요. 하하.

넘어져도 좋다. 이렇게 생각하십시오. 하하.

미끄러져도 좋다. 이렇게 생각하십시오. 하하.

그러나 E는 미끄러지는 것은 좋지 않다고 생각했다. 넘어지는 것은 더욱 좋지 않았다. E는 꼬리뼈도 앞니도 부러지고 싶지 않았다. E는 d에게 설명하고 싶었다. E는 d에게 설명할 적합한 타이밍을 고민했다. d에 대한 불만은 a를 떠오르게 했다.

그건 상식 아닙니까? d는 E에게 자주 그렇게 말했다.

그렇지. 그건 상식이지. E는 대답했다.

E는 자기 자리로 돌아가 '상식'을 검색창에 입력했다.

사람들이 보통 알고 있거나 알아야 하는 지식. 일반적 견문과 함께 이해력, 판단력, 사리 분별 따위가 포함된다. 〔비슷한 말〕 보통 지식.

보통이라니.

E는 오후 업무 내내 보통에 대해서 생각했다. E는 보통 뒤에 많은 단어를 붙여 보았다. 보통 남자. 보통 여자. 보통 저녁. 보통 아침. 보통 개. 보통 거기.

그래도 나는 대졸이야. E는 그렇게 생각하기로 했다.

보통이라니.

E는 보통에 대해서 공감하지 못했다. d에게 보통에 대한

견해를 묻고 싶기도 했는데, 묻지 않았다.

비가 그치지 않았고, E는 퇴근길에 보통 우산에 대해서 생각했다. E는 해가 보고 싶었다. 그는 해를 본 지 너무 오래되었다. a는 해가 뜨는 곳에 있을 수도 있었다. E는 a에 대해서 그만 생각하고 싶었다. a에 대한 생각은 이제 정말 지겨운 것이었다. 그러나 d에 대한 불만 때문에 a를 떠올리지 않을 수 없었다.

집으로 돌아간 E는 침대 커버에 곰팡이가 생긴 것을 확인했다. 어두운 녹색 곰팡이를 보자 E는 산책을 하고 싶었는데, 창밖의 빗줄기가 너무나 거셌고 창문을 깰 것처럼 천둥번개가 내리쳤다.

천둥번개가 두려운가. E는 생각했다. 그런 것 같았다.

비가 두려운가. E는 생각했고, 그런 것 같았다.

곰팡이가 두려운가. E는 생각했고, 확실히 그랬다.

E가 가장 두려운 것은 방 한가운데에 누워 있어야 하는 것이었다.

E는 곰팡이가 핀 침대 커버에 누워 곰팡이가 핀 이불을 덮었다. 곰팡이가 핀 천장을 바라보고 누웠다가 곰팡이가 핀 벽 쪽으로 돌아누웠다. 그것의 반복.

E는 자신이 겪는 두려움이 보통의 것인지 궁금했다.

E는 모로 누운 채로 잠이 들었다.

그는 잠깐 꿈을 꾸었다.

E가 꿈을 꾸는 동안 여기저기에서 곰팡이가 자라났고, 여기저기에서 천둥번개가 내리쳤다.

출근

E가 걷는 출근길은 내내 어두웠다. 축축하고 질은 그 길에서, E가 문득 왼쪽을 바라보았을 때, 거기에 장미가 있었다. 왼쪽 담벼락에 핀 장미가 비를 맞을 때마다 흔들리고 있었다. 비를 맞은 어떤 장미 잎은 길바닥으로 떨어졌다. 떨어진 것은 빗물에 쓸려 내려갔다. 오직 선명한 것은 빨강이었다.

E에게 장미에 대한 마음이 생겨났다.

요트나 장미에 대해서 어떻게 생각해? E는 사무실로 들어가 동료 d에게 물었다.

생각 없습니다. 하하. d가 웃었다.

그렇군. 하하. E도 웃었다.

출근

E는 출근길에 갈색 개를 보았다. E는 그 개가 쓰레기봉투 주변을 맴돌던 개라는 것을 알아보았다. 개는 비를 맞고 있었는데, 잠을 제대로 자지 못한 것 같았다. 갈색 털이 비에 젖어 무거워 보였고, 눈은 벌겋게 충혈되어 있었다. 개는 길바닥을 핥았다. 길바닥엔 먹을 게 아무것도 없었다. 미련하군. E는 개가 미련하다고 생각했다.

E는 지하철역 근처의 패스트푸드점으로 들어가 더블치즈버거 세트를 주문했다. 계산을 하고 햄버거를 받았다. 햄버거는 식어 있었다. 그는 삼키지 않고 오래 씹었다.

패스트푸드점 천장의 조명 하나가 깜박거리다 아주 꺼져 버렸다. 비의 영향이었다.

비의 영향으로 패스트푸드점의 직원은 울상을 하고 있었다. E는 직원의 얼굴이 낯익다고 생각했다. 그는 직원의 나이를 가늠해 보았다. 스물, 혹은 스물둘. E는 세심한 편이 아니었고, 스물과 스물둘의 차이를 알지 못했다. 언젠가 E도 스물과 스물둘의 얼굴을 갖고 있었다. 그때 E의 삶은, 조금 덜 지쳤을 뿐, 지금과 크게 다르지 않았다.

E는 천장의 꺼진 조명을 한 번 쳐다본 뒤에 패스트푸드점을 나왔다. 거리의 사람들은 오른손이나 왼손에 우산을 들고

걸었다. 지하철역으로 통하는 계단이 젖어 있었다. 플랫폼과 지하철 내부의 바닥이 젖어 있었다.

9, 10등급도 가능합니다. 노란색 바탕의 광고판에 그렇게 쓰여 있었다. 광고판 밑에 앉은 남자가 요란하게 다리를 떨고 있었다. E는 다리를 떠는 남자 앞에 서 있었다. 남자는 다섯 정거장을 지나는 동안 한 번도 쉬지 않고 다리를 떨었다. 지하철이 강을 건널 때에도 다리를 떨었다.

강 위에 떠 있는 검정 봉지가 비를 맞고 있었다.

어쩌면 a는 저 검정 봉지 안에 웅크린 채일 수도 있다. E는 생각했다.

해가 뜬다면, E는 이불을 널고 싶었다. 해가 뜬다면 E는 할 일이 매우 많은 사람이 될 것이었다. E는 해가 뜬 후에 자신이 어떻게 변하게 될지 궁금했다. 어마어마하게 많은 변화가 있을 것이었다. 어마어마하게 많은. E는 d의 목소리를 떠올렸다. 광고판 밑에 앉은 남자가 양쪽 다리를 동시에 떨기 시작했고, E는 지하철에서 내렸다.

E는 하늘을 올려다보았다. 비가 아닌 다른 것이 곧 내릴 것 같았다. 그러나 E는 비 아닌 무엇을 상상할 수 없었다.

E가 출근했을 때 상사는 몹시 화가 나서 소리를 지르고 있었다.

다 그만둬. 다. 상사는 다 그만두라며 소리쳤다.

E는 자기 자리에 앉아 컴퓨터를 켰다.

고래고래. E는 검색창에 '고래고래'를 입력했다.

상사 백은 얼마 전 이혼을 했다.

상사 백은 이혼 후에 눈에 띄게 말라 갔다.

E의 체중은 플러스, 마이너스 2킬로그램을 유지했다.

E는 상사의 이혼이 비의 영향이라고 생각했다.

주말

어떤 주말에 E는 외로웠다.

그래서 그는 카레를 만들었다.

허무의 늪에 빠져 본 적 있어요? 여자가 그에게 물은 적이 있었다. E는 그 여자의 혓바닥이 두꺼웠는지 어땠는지 기억나지 않았고, 아무렇게나 양파를 썰었다. 카레 가루를 물에 갰다. 그에게는 양파와 카레 가루가 전부였다.

깊은 프라이팬에 기름을 두르고 양파를 볶았다. 카레 가루를 개어 놓은 물을 거기에 부었다. 그리고 저었다. 그리고 끓였다. 뜨거운 김이 올라왔다. E는 땀을 흘렸다. 뻘뻘. 그는 뻘뻘 끓는 냄비를 계속 저었다. 열심히 저었다. 너무 빠르지도 느리지도 않으려고 노력했다. 눌어붙으면 안 돼. 눌어붙으면 실패한 카레지. 실패한 카레는 재활용도 되지 않는다.

주말

어떤 주말에 E는 독서를 했다.

1부와 2부로 나누어진 장편소설이었다.

1부의 제목은 '밤'이었고, 2부의 제목은 '비'였다.

1부의 배경은 밤이었고, 2부의 배경은 비였다.

1부의 주인공은 밤이었고, 2부의 주인공은 비였다.

도대체. E는 독서를 하면서 도대체, 라는 생각을 했다.

도대체. 어쩌자고 이렇게 재미없는 걸.

E는 그렇게 재미없는 걸 끝까지 읽었다. 그래서 보람을 느꼈다. 그는 까다롭지 않게 보람을 느꼈다.

주말

어떤 주말에 E는 아무것도 할 수 없었다.

정지. E는 정지되었다.

곰팡이에 압도된 것이었다.

비의 영향

임신이 되어 버렸어. E의 친구가 말했다.

임신? E가 친구에게 물었다.

어. E의 친구는 인상을 쓰고 말했다.

왜 임신이 된 건지 모르겠어. E의 친구는 임신의 이유에 대해 의문을 품고 있었다.

네가 사정을 했으니까 그렇겠지. E가 대답했다.

그래. 내가 사정했지. E의 친구가 말했다.

E와 E의 친구는 1년 만에 만나는 것이었다. 그들은 와인을 마시고 있었고, 와인의 안주는 짠맛이 강한 치즈였다.

맛이 좋군. E가 말했다.

어. 여기 와인 좋아. E의 친구가 대꾸했다.

아버지가 되는 상상을 해야 하는 걸까? E의 친구가 E에게 물었다.

글쎄. E가 대답했다.

상상해 봐. E의 친구가 E에게 요청했다.

E는 누군가의 아버지가 되는 상상을 하기 시작했다. 애증, 복수, 권태, 폭력, 불합리 같은 단어가 떠올랐다. 그는 고개를 가로저었다. E는 긍정적인 상상을 하고 싶었지만 도무지 떠오르질 않았다.

난감하군. E가 말했다.

난감해. E의 친구는 와인 잔에 와인을 가득 따르고, 그것을 한 번에 마셨다.

왜 그런 실수를 한 거야? E가 친구에 물었다.

몰라. E의 친구는 모른다고 대답한 뒤에 다시 와인을 가득 따라 한 번에 마셨다.

잘 될 거야. E는 친구를 위로했다. 그러나 무엇이. 무엇이 어떻게. 잘 된단 말인가.

E의 친구는 급하게 와인을 마신 뒤 전봇대에 구토를 했다. 누군가가 그것을 먹을 것이라고, E는 생각했다. 비가 그치지 않았다. 친구는 헤어지기 직전 눈물을 흘렸다.

조심해서 가. E는 친구를 택시에 태우며 말했다. E는 집으로 돌아가는 길에 맥주와 담배를 사기 위해 편의점에 들렀다. 그는 편의점에 진열된 콘돔을 보았다.

콘돔은 싫어. E는 콘돔을 사용하지 않고 사정한 친구의 마음을 이해할 수 있을 것 같았다. 친구의 마음은 이해가 되기도 하는 것이었다. 비의 영향으로 뜻밖에 임신이 된 것이라고, E는 생각했다.

퇴근

E는 빗소리, 개소리, 싸우는 소리를 들었다.

싸움이 났군. b가 말했다.

개 짖는 소리야. c가 말했다.

빗소리입니다. 이 건물에서 싸울 일이 뭐가 있겠습니까? 하하. d가 말했다.

싸울 일은 어디에든 있어. b가 말했다.

아니 개소리래도. c가 말했다.

이 건물에 개가 어디 있겠습니까? 하하. d가 말했다.

E와 동료들이 소리에 무감해질 때까지 소리가 이어졌다.

업무가 끝난 뒤에 E와 동료들은 맥주를 마시기로 했다. 사무실을 완전히 빠져나온 뒤, 그들은 동시에 하늘을 올려다보았다.

저 구름을 봐. b가 가리킨 구름은 검은색이었다.

기이합니다. d가 말했다.

씨발. c가 말했다.

E와 동료들은 비가 그칠 시기에 대해서 이야기했다.

그들은 맥주 안주로 무엇이 좋을지 고민하다가 연어구이 전문점으로 향했다. b의 의견이었고, E는 연어를 좋아했기 때문에, b의 메뉴 선택이 탁월하다고 생각했다. E는 연어를 먹을 생각에 가벼운 발걸음으로 걸었다. 가볍게 걷던 E는 빗물에 미끄러져 앞으로 넘어졌다.

E는 안면 전체에 충격을 받았다.

마침내 E의 금이 간 앞니가 부서졌고,

검정색 우산은 길바닥에 뒤집혔다.

동료들은 넘어지는 E의 모습에 소리 내어 웃었다. 그리고 곧 그를 걱정했다.

괜찮습니까? 하하. d가 넘어져 엎드려 있는 E에게 물었다.

머리를 다친 건 아니지? b가 엎드려 있는 E에게 물었다.

일어나 봐. c가 엎드려 있는 E에게 말했다.

괜찮아. E가 길바닥에 엎드린 채로 대답했다.

사실 E는 괜찮지 않았다. 그는 그의 앞니가 부서졌다는 것을, 넘어진 순간부터 알고 있었다.

세상의 완벽한 실패. E는 길바닥에 엎드려서 세상의 완벽한 반짇고리에 대해서 생각했다. 실패의 기능은 실을 감을 수 있게 하는 것이고, 그가 할 수 있는 일은 길바닥에 엎드려 있는 것이었다. 괜찮아. E는 엎드린 채로 동료들에게 다시 말했다. 그는 좀 쉬고 싶었다.

휴가

E는 상사 백으로부터, 5일간의 휴가를 승인받았다.

E는 섬으로 떠나기로 했다.

그는 서쪽 지방으로 가는 시외버스를 탔다.

휴게소에서 감자 구이를 사 먹었고,

버스 안에서 멀미를 했다.

버스에서 내려 항구까지 20분을 걸었다.

불안정한 기상 탓에 왕복 티켓은 구매되지 않았다.

편도.

동행 없음.

파도가 높게 일었다.

섬으로 들어가는 마지막 배를 탔다.

배 안에서 감자 구이를 토했다.

괜찮아요? 토하는 E에게 낯선 남자가 다가와 물었다.

괜찮습니다. E가 구토를 멈추고 대답했다.

토할 것이 없었는데, E는 계속 토하고자 했다. 뜻대로 되지 않았다.

나는 택시 기사요. E가 간신히 구토를 마쳤을 때, 낯선 남자가 자기 소개를 했다.

아. 네. E가 대답했다.

섬에 도착했을 때는 캄캄한 밤이었고, 비는 그치지 않았다.
여기 부모님이 사시오? 택시 기사가 E에게 물었다.
아닙니다. E는 대답하고 부지런히 택시기사의 곁을 떠났다.
선착장과 가장 가까운 곳에 숙소를 정했다.
나흘간의 숙박비를 선불로 냈다.
E는 파도 소리를 들으며 잠이 들었다.
E는 깨지 않고 11시간을 잤다.

휴가

E는 파도 소리에 잠에서 깼다.
여관방의 창을 열었다.
안개뿐이었다.
안개 속에 바다, 집, 개, 비둘기는 보이지 않았다.
아침을 먹지 않았다.
벽을 보고 누웠다.
벽지 문양이 어지러워서 식은땀을 흘렸다.
나이가 들고 있군. E는 생각했다.
깨진 앞니가 시렸다.
완전히 뽑겠어. 그는 깨진 앞니를 뿌리까지 뽑기로 결심했다.

점심에는 여관방으로 짜장면을 주문했다. 고춧가루는 배달되지 않았다.

짜장면을 먹는 동안 부서진 앞니가 거슬렸고, 사랑니를 뽑은 자리가 욱신거렸다.

짜장면을 다 먹은 후에 E는 다시 침대에 누웠다. 낮잠을 자고 싶었는데 잠이 들지 않았다. E는 하는 수 없이 벽을 보고 모로 누워 자위를 했다. E는 얇고 부드럽고 찰랑찰랑한 광택이 나는 흰색 천을 상상했다. 그 속에서 흔들리는 가슴. 그는 사정을 하고 나서 바로 잠이 들었다.

꿈 없는 낮잠을 잤다.

잠에서 깬 E는 파도 소리를 들었다.

창을 열고 담배를 피웠다.

창을 열면 안개가 보였고, 멀리에서 개 짖는 소리가 들렸다. 그뿐이었다.

고요한 오후였다.

씨발. E는 창가에 서서 욕을 했다. E는 욕을 하는 성격이 아니었다. 그가 욕을 한 것은 비의 영향이자 안개의 영향이었다. 깨진 앞니의 영향이기도 했다. 동료 c의 영향이기도 했고, 실종된 동료 a의 영향이기도 했다. 동료 b, d와 상사 백의 영향이며 상사 전 부인의 영향이기도 했다. 연락이 두절된 여자와 약속을 취소한 여자의 영향이기도 했다. 그 외에 몇몇 여자들의 영향이었고 호수, 비둘기와 개의 영향이었다.

씨발.

씨발.

씨발.

씨발.

담배를 한 개비 피우는 동안 E는 다섯 번 씨발을 중얼거렸다.

E는 창문을 닫고 다시 침대에 누웠다. 그리고 여자의 신음소리를 들었다.

아, 아, 아.

어, 어, 어.

아득하지만 분명하게 요란한 소리였다. E는 여관방 벽에 귀를 댔다. 벽에 짙은 녹색 곰팡이가 자라 있었다. E는 그것을 참아냈다. 여자의 신음과 비명은 주기적인 박자를 가지고 있었다. E는 신음소리가 귀에 익다고 생각했다. 소리가 끝이 났을 때, E는 아쉬움을 느꼈다.

E는 우산을 들고 숙소를 나섰다. 그는 여관을 빠져나오자마자 하늘을 올려다보았다. 구름은 알 수 없는 것이었다. 비는 거의 그친 것 같았다.

E는 편의점으로 들어가 맥주 한 캔과 담배 한 갑을 샀다. 그는 맥주를 마시며 안개 속을 걸었다. 걷는 동안 가끔 가로

등이 나타났다. 멀리서 개가 짖었다. 멀리서 짖는 개는 어쩌면 갈색 털을 가지고 있을지도 몰랐다. 비에 젖은 갈색 개는 무엇을 먹으며 연명을 하나. E는 생각했다. E는 문득 그 개를 책임져야 하는 것은 아닐까 하는 생각이 들기도 했다.

E는 바다를 향해 걷고 있었다.

E는 바다를 향해 걸을 마음이 없었다. 그러나 그는 바다를 향하고 있었다. 길이 그렇게 나 있었기 때문이었다. 섬의 인도는 모두 바다로 향하는 길이었다. 동, 서, 남, 북, 어디로 걷든, E는 바다에 도착할 것이었다. E는 그런 것은 신경 쓰지 않고 걸었다. 그는 그냥 걷고 싶었다. E는 캔 맥주와 검정색 우산을 들고 인도를 걸었다. 안개가 짙어졌다가 옅어지기를 반복했다. E의 시야에는 안개와 안개뿐이었다.

사랑니를 뽑기 위해 찢은 잇몸, 그리고 다시 꿰맨 그 자리가 시큰거렸다.

어디에서 보상받는단 말인가. E는 치과에 대한 감정이 좋지 않았다.

E는 왼쪽 턱 전체가 뻐근했다.

E는 왼쪽으로 기울어 걸어야 했다.

E는 왼쪽으로 고개를 돌려 반대편 인도를 쳐다보았고, 거기에 빨간 우산이 있었다.

E는 안개에 덮인 인도에서 빨간색 우산을 보았다. 선명한

것은 오직 눈앞의 빨간색뿐이었다. E는 처음에 그것이 우산이라기보다 어떤 열매일 것이라고 생각했다. 그러나 그것은 열매가 아니라 우산이었다. 그는 그 우산이 낯익다고 생각했다.

E는 확신이 필요했다.

E는 허벅지에 힘을 주고 걸었다.

E는 좀 더 걸음을 빨리해 빨간색 우산에게로 다가갔다.

빨간색 우산을 들고 있는 사람은 a가 아니었다.

a였을 수도 있었지만, a가 아니었다.

여자였다.

E는 여자의 앞을 가로막고 서서 말했다.

경선아.

경선

경선이 아닌데요. 여자가 E를 아래위로 훑어보았다.

죄송합니다. E는 여자 앞에 서서 죄송하다고 말했다. 꼭 죄송할 일은 아니었지만, 죄송하다고 말해야 할 것 같았다. 그러나 죄송하다는 말 역시 적합하지 않다는 것을 잘 알고 있었고, E는 여자의 앞길을 터주기 위해 옆으로 비켜섰다. 옆으로 비켜섬, 그것이 그의 최선이었다.

한동안 E는 그 자리에 서서 멀어지는 여자의 뒷모습을 바라보았다. E의 시야가 안개와 안개로 뒤덮이게 되었을 때, 그는 다시 앞으로 걷기 시작했다.

저 여자가 정말 경선이었더라면, E는 생각했다.

술을 샀겠지. 조개 구이 같은 걸 먹었겠지.

내 방에서 새우깡과 소주를 먹었을 수도 있어.

내 방으로 데려올 수 있었을까.

데려올 수 있었을 것이다.

아아. E는 부질없어서 신음했다.

그러나 걷잡을 수 없는 마음이었다.

저 여자가 정말 경선이었더라면,

아아.

E는 걷는 동안 맥주 두 캔을 다 비웠고, 바다에 도착했다.

E는 해변에 서서 담배를 피웠다.

E는 젖은 모래 바닥에 앉아 담배 한 대를 더 피웠다.

그리고 자리에서 일어나 숙소를 향해 걸었다.

그 여자가 정말 경선이었더라면,

아아.

E는 저녁을 먹지 않기로 했다.

그는 지칠 때까지 텔레비전을 보다 잠들 계획이었다.

숙소로 돌아온 E는 곧장 텔레비전의 전원을 켜고 침대에 누웠다.

뉴스가 방영되고 있었다.

축사 24개 무너짐, 괴질, 씽크홀, 추락, 미국대선, 미중정상회담, 이국의 가뭄. 원시부족의 기우제. 가뭄테마가 주식시장에 미치는 영향. 우상향. 차트. 또 다른 차트. 분석과 분석. 선택. 몫.

E는 무엇에도 공감하지 못했다.

아, 아, 아.

어, 어, 어.

벽으로부터 여자의 소리가 시작되었다.

만약에 저 여자가 경선이라면. E는 벽에 귀를 바짝 대었다가 부질없음을 깨달았다. 깨달음은 곧 불편함이 되었고, 불현듯 극복하고 싶었다.

하지만 무엇을? 무엇을 어떻게 극복한단 말인가. 식은땀을 흘릴 뿐이었다.

E는 식은땀을 흘리며 침대 밑으로 내려가 바닥에 엎드렸다. 그리고 침대 커버를 들추었다.

아아.

경선

꿈속에서 E는 경선을 만났고, 감격했다.

정경선.

정경선 맞잖아.

경선아.

E는 몇 번이고 이름을 불렀다.

어 맞아. 경선은 친절한 얼굴로 대답해 주었다.

E와 경선은 섬의 인도를 따라 걷다가 해변에 다다랐다.

바다는 거대한 먹색이었다.

바다가 다 무슨 소용이야. 꿈속의 경선이 중얼거렸다.

창문

E는 파도 소리에 잠에서 깨었다. 밤사이 빗줄기가 굵어졌고, E가 깨었을 때는 아직 새벽이었다. 그는 저녁을 먹지 않은 탓에 깊이 잠들 수 없었다.

꿈속에서 보았던 경선의 얼굴이 희미했다.

희미했으나 만족스러웠다.

꿈에서라도 만났으니 여한이 없다고, 여한을 떨쳐 버리자고, E는 다짐했다.

휴가는 이틀 더 남아 있었다. E는 집으로 돌아가고 싶기도 했다. 하지만 E는 이틀 더 섬에 머물러야 했다. 선불로 숙박비를 계산했기 때문이었다. E는 자책했다. 경솔했다고.

E가 섬에서 이틀 더 머물러야만 하는 이유는, 그의 경솔함 때문만은 아니었다. 풍랑이 거세어져서 배가 한 척도 뜰 수 없었던 것이다. 그러나 E는 풍랑이니, 기상이니, 그런 것은 생각지 못했다. 오로지 자책했다.

병신같이 사흘 치를 한꺼번에 계산하다니. 섬은, 혹은 바다는, 사람을 홀리는 힘이 있는 것이라고, E는 생각하게 되었다.

씨발. E는 동료 c처럼 욕을 했다.

걷잡을 수 없이, E는 집이 그리워졌다.

아아. 곰팡이 핀 벽과 천장, 방 한가운데의 침대와 침대 밑의 어지러움, 책상 위에 쌓여 있는 옷가지와 부연 창문. 어두움이 반복되는 창문. E는 창문 앞에 앉아 소주와 고등어를 먹고 싶었다. 창문을 열고 그의 것인, 그가 버린 쓰레기봉투를 확인하고 싶었다. 창밖을 바라보며 a에 대해 생각하고 싶었다.

a는 어디로 갔을까.

E는 a에 대한 공상에 빠지기 위해 여관 창을 열었다. 창을 여는 것은 E만의 형식이었다. 창을 열자마자 비바람이 쳐들어

왔다.

또 다른 창가가 필요하다고, E는 생각했다.

새벽

E는 우산을 들고 밖으로 나섰다. 그는 허기졌고, 새벽이었으며, 비바람이 거세었다. 그는 24시간 운영되는 편의점으로 향했다. 편의점에 고등어는 없을 것이었다.

E가 편의점으로 들어섰을 때, 경선이 아닌 여자가 샌드위치를 계산대에 올려놓고 있었다. E는 경선이 아닌 여자를 단번에 알아볼 수 있었다.

저 여자는 이 새벽에. E는 생각했다.

저 여자의 부모가 이 섬에 사는 것일까.

저 여자 혼자 이 섬 안에 살 수도 있다.

저 여자도 날 알아보았을까.

저 여자가 내 깨진 앞니를 보았을까.

E는 경선이 아닌 여자를 노골적으로 쳐다보았다. 고의는 아니었고, 골몰했기 때문이었다.

경선이 아닌 여자는 편의점 밖으로 나가 빨간 우산을 펼쳐 들고 사라졌다. 한 번도 E를 쳐다보지 않았다.

E는 팩소주와 통조림 참치를 계산했다.

E는 바다에 가서 먹고 싶었다. 곧 아침이 될 것이었고, 어쩌면 뜨는 해를 볼 수도 있을 것이라고, E는 생각했다. 어림도 없는 생각이었다. 하늘은 검은 구름으로 가득했다. 해가 뜬다고 해도 다만 덜 어두울 뿐일 것이었다. E는 해를 볼 수 없을 것이었다. 그러나 E는 바다로 향했다.

아침

E는 우산 속에서 팩소주를 빨며 바다를 바라보았다.

E는 깊게 숨을 들이마셨다.

파도와 비와 바람은 소주의 알코올 냄새와 잘 어울렸다. E는 속이 쓰렸다.

하늘과 바다의 경계, E의 시선은 거기에 있었다.

멀리에서부터 파도가 시작되고 있었다. 비는 잦아들지 않았고 더 굵게 내렸다. E는 숨을 들이마시고 내쉬기를 반복하며, 또 팩소주를 빨면서, 아침이 되기를 기다렸다. 이미 아침이 되었지만 E는 아침을 알 수 없었다. 가늠할 수 없었다. 충분히 어두웠기 때문이었다.

점심

거기서 뭐해요. E는 낯선 남자의 목소리를 들었다. 목소리는 꽤 먼 곳에서 치는 소리였다. E는 대답하지 않았다. 소주 두 팩을 다 마신 E는 젖은 모래에 앉아 담배를 피우고 있었다.

파도와 비와 바람, 소주는 담배와 잘 어울렸다. E는 취기에 숨이 가빴지만 나쁘지 않은 기분이었다.

위험해요. 낯선 남자가 또 소리쳤다. E에게 소리치는 것이었고, E도 그것을 알고 있었다. 그러나 대답하지 않았다. 잠자코 젖은 모래에 앉아 있었다. 끊임없이 담배를 피우면서.

낯선 남자는 기어이 호루라기를 불었다.

이봐. 어이. 야. 뭐하는 거야. 낯선 남자는 멈추지 않고 E를 다그쳤다.

E는 한숨을 크게 내쉰 뒤에, 알았다고, 간다고, 고함을 질렀다.

E는 피우던 담배를 젖은 모래 바닥에 비벼 껐다.

나 좀 내버려 둬. E는 중얼거리며 자리에서 일어섰다. E는 취기 때문에 휘청거렸다. E는 균형을 잡지 못했고, 겨우 걸었다. 그의 몸이 왼쪽으로 기울고, 기울다가, 젖은 모래바닥에 그대로 꼬꾸라졌다.

검정 우산이 젖은 모래 바닥 위에 뒤집혀졌다.

쉬지 않고 E의 얼굴에 비가 떨어졌다.

저녁

E는 그의 숙소로 짜장면을 주문했다. 그의 첫 끼였다. 그는 취기가 가시지 않아 몸에 열이 올랐고, 입술이 바싹 말랐다. 뒷골이 당겼다. 숙취로 인한 식은땀으로 침대 커버가 축축하게 젖었다. 그는 취기를 떨치고자 샤워를 하고 이를 닦았다. 찬물을 들이켰다. 열도 갈증도 나아지지 않았다. 휴가가 끝날 때까지 더 이상 술을 먹지 말아야겠다고, E는 다짐했다.

그는 텔레비전을 보며 짜장면을 기다렸다.

모든 채널에서 뉴스가 방영 중이었다.

E가 계속해서 채널을 돌리고 있을 때, 초인종이 울렸다.

짜장면 배달원은 아니었고, 숙소의 주인이었다.

주인은 E에게 하루치 숙박비를 환불해 줄 테니 내일 나가 달라 부탁했다. 해변에서의 소동을 숙소의 주인이 알게 된 것이었다. 소동, 이라는 말은 숙소 주인의 입에서 나온 단어였다.

아아. E는 방문의 손잡이를 붙잡고 서 있었는데, 딱히 대꾸할 말이 없었다. 그는 그도 모르게 신음했다.

배편이 있을까요? E가 숙소의 주인에게 물었고, 주인은 그것은 본인도 잘 모르겠다고 대답했다.

알겠습니다, 하고 E는 문을 닫았다.

자살여행자가 아닙니다. 나는 자살여행자가 아니에요. E는 숙소 주인에게 말할 수도 있었다.

그렇다면, 여기서 나의 목적은 무엇인가, E는 생각하지 않을 수 없었다.

나는 왜 이 섬에 왔는가. E는 생각해 내야 했지만, 초인종이 울렸고, E는 문을 열어 짜장면을 전달받았다.

선잠

E의 꿈속에 조가 등장했다. 무대 위에서, 조는 여배우의 배를 발로 걷어찼다.

너도 이리 올라와서 발로 차 보라고, 조가 E에게 눈짓을 보내었다.

한순간, E는 있는 힘껏 여배우의 배를 발로 차고 싶었다.

잠에서 깬 E는 그가 꾼 꿈을 이해할 수 없었다. 그는 누군가를 발로 차는 성격이 아니었다. E는 발기가 되어 있었는데 꿈이 거북해서 자위를 하고 싶지 않았다.

파도

파도가 심합니까? E는 배를 타기 전 선원에게 물었다.

심하지만 참을 만할 것이라고, 선원은 대답했다.

출항 후 5분이 채 지나지 않아 E는 하얗게 질렸다. 선체가 순식간에 가라앉고 순식간에 솟아오르기를 반복했다. 하늘과 바다가 검게 섞이었다. 그 와중에 번개가 번쩍였고, E는 검정우산을 양손으로 꽉 쥐고 앉아 있었다.

정지.

E는 정지했다.

경계

E는 3일 만에 집에 돌아왔다.

E가 방문을 열었을 때, 사방의 벽이 곰팡이로 덮여 있었다.

벽과 천장이 하나였다.

검고, 짙으며, 솜털을 가지고 있었다.

저것은 생명이다. E는 압도당했다.

그는 방으로 들어갈 수 없었다. 방이 아니었다.

E는 방이 아닌 방의 문을 닫았다.

그는 그의 집과 가장 가까운 여관으로 향했다.

허기졌는데 무엇도 먹고 싶지 않았다.

섬은 어때? 동료 b에게 메시지가 도착했다.

E는 뭐라고 답장을 해야 할지 망설여졌다.

E는 동료 b에게 답장하지 않았고, a의 사촌에게 메시지를 보냈다.

조의 광기를 설명할 수 있습니까? E는 a의 사촌에게 물었다.

아마 답장은 사흘 후에 오겠지, E는 생각했다.

E의 미래에 사흘 후가 있었다.

사흘

하루, 이틀, E는 동료들과 술자리를 가졌다.

E는 숙취에 시달리며 특별할 것 없는 땀을 흘렸다.

견디는 수밖에 없다고 생각했다.

E가 침대에 누워 견디는 동안 a의 사촌에게 메시지가 도착했다.

죄송합니다. a의 사촌은 조의 광기를 설명하지 못했다.

사과를 할 일인가.

E는 곧 잠이 들었고, 그날 밤 꿈에 여배우의 배를 걷어찼다.

그 후로도 여러 날, 꿈속의 E는 무대 위에 올랐다.

때로는 여배우가 아닌 여자들이 E에게 맞았다.

E는 여자들의 비명 때문에 잠에서 깨었다.

출근

휴가는 어땠어? b가 E에게 물었다.

경선이 같은 여자를 봤어. 그래서 말을 걸었는데 아니었어. E가 대답했다.

경선이가 누군데? c가 E에게 물었다.

있어. 경선이. E가 대답했다.

전 애인입니까? 하하. d가 웃었다.

아니. E가 대답했다.

미래

E는 24시 카페로 향했다. 더 자고 싶었지만, 더 잔다면 지각을 할 것이었다.

E는 커피와 샌드위치를 주문했다.

카페에 모든 손님이 책을 읽고 있었고, E는 카페 홀 안 구석에 자리를 잡았다.

새벽부터 사람들이 책을. E는 생각했다.

E는 책 읽는 사람들의 얼굴을 차례차례 살펴보았다. 하나같이 심각한 이목구비였다. 그중에 유독 낯이 익은 여자가 있었고, E의 시선은 한동안 거기에 멈춰 있었다.

저 여자가 여기에 왜. 경선이 아닌 여자와 닮은 여자라고, E는 생각했다.

경선이 아닌 그 여자를 무어라 불러야 한단 말인가.

E는 창밖을 바라보았다.

어김없는 비.

이렇게 비가 오는데도.

E는 출근을 해야 했다.

창밖의 어두움 속에서 선명하게, 장미 잎이 빗물에 쓸려 내려갔다.

아아. E는 장미에 대한 마음 때문에 신음했다.

a에게는 요트에 대한 꿈이 있었을 것이다. E는 확신했다.

출근

a는 어디로 갔을까? E가 점심시간에 동료들에게 물었다. 동료 모두에게 묻는 것이었다.

안전하게 잘 계실 겁니다. 하하. d가 가장 먼저 대답했다.

갑자기 a는 왜. b가 말했다.

갑자기가 아니었다. E는 거의 매일 a에 대해 생각했다. 어느 날은 가볍게 어느 날은 무겁게, 여기저기에 a를 엮어 생각했다.

보고 싶어? c가 E에게 물었다.

어. E는 a가 보고 싶기도 했다.

동료들은 의아해서 할 말을 잃었다.

점심시간

c는 자신의 왼쪽 눈꺼풀을 비비며 증상을 호소했다. 경련이 멈추지 않는다는 것이었다.

어제부터 내내 떨렸어. c는 덧붙였다.

마그네슘 결핍이야. b가 c에게 말했다.

그게 뭔데. c가 b에게 물었다.

마그네슘은 마그네슘입니다. 하하. d가 웃었다.

야 그런 식이라면 나도 말할 수 있어. 책상은 책상이고 안경은 안경이지. 눈깔은 눈깔이고. c가 자신의 왼쪽 눈을 가리켰다.

그래. 침대 밑은 침대 밑일 뿐이지. E가 중얼거렸다.

E와 동료들은 점심으로 피자를 먹고 있었기 때문에 그들의 대화는 자연스레 피자의 마그네슘 함량으로 이어졌다. 각종 증상과 결핍, 대처 방안에 대해서 그들은 이야기했다.

만성피로는 무엇으로도 해결되지 않아. b가 말했다.

영양보충제를 사 먹는 게 좋겠다고, d가 c에게 조언했다.

또 떨린다. 또. c가 왼쪽 눈꺼풀을 문질렀다.

문지른다고 낫지 않습니다. 하하.

떨려도 괜찮다. 이렇게 생각하십시오, 하하.

웃는 것은 늘 d였다.

출근

앓니는 치료하지 않으실 겁니까? 하하. d가 E에게 물었다.

앓니는 치료하지 않을 것이다. E는 속으로 선언했다.

하하. 그게 뭡니까. d가 웃었고,

웃겨? E가 물었다.

출근

상사 백은 아이스박스에 산 생선을 담아 출근했다.

자, 다들 이리 와 보라고, 상사가 소리쳤다.

자, 봐. 펄떡거리지. 상사가 아이스박스를 열어 보였다. 펄떡거렸다.

자, 봐. 대가리부터 치는 거야. 상사는 산 생선의 대가리를 칼등으로 내리쳤다. 단번에 기절시켰다.

자, 봐. 상사는 생선 대가리를 잘라 냈다.

자, 봐. 상사는 생선살을 베어 냈다.

사라지는 것들에는 이유가 있다.

a는 돌아오지 않을 것이다.

선잠

꿈속에 여자는 등을 돌리고 누워 있었다.

내가 멋있지 않아서 그렇게 섭섭했니? E는 여자의 등을 바라보며 말했다.

네 가치에 대해서 생각해 봐. 여자는 여전히 등을 돌린 채였다.

씨발. E는 꿈에서 깨자마자 욕을 했다. 하지만 여자를 원망하지 않기로 했다.

원망들이 그대로 돌아올 것이었다.

출근

또 다른 창가가 필요하다는 생각은 부질이 있는가.

E는 부질부질 걸었다.

뒤에서 웃는 소리가 들리는 것 같았다.

왼쪽 어깨가 기울고 발목이 덜그럭거렸다.

비는 그치지 않을 것이다. E는 어두움을 확신했다.

아직도 내가 무엇인가 확신할 수 있다니, E는 불현듯 놀랐다.

출근

E는 허기에 잠에서 깨었다.

냉장고에서 우유를 꺼내어 마셨다.

창문을 열었다.

어두움과 비.

마트엘 가야 한다. E는 생각했다.

E는 이번 주말에 마트에서 사야 할 물품들을 헤아렸다.

우유, 고등어, 양말.

E의 양말은 매일 젖었다.

어차피 젖을 양말을 왜 신어야 하는가.

E는 출근을 위해 양말을 신어야 했다.

E는 출근을 위해 셔츠를 입어야 했다.

E는 셔츠를 입으며 단추의 개수를 세었다.

단추 하나. 둘. 셋. 넷. 다섯. 여섯.

E는 여섯까지 세었다.

만약에 비가 멈춘다면, 동료들은 그 새로움에 대해 하루 종일 떠들 것이었다.

하루 종일, 불쾌함을 나누는 사이.

그사이에 나는 얼마나 더 많은 땀을 흘려야 한단 말인가.

성공한 사람은 땀 냄새도 좋다던데. E는 언젠가 들었던 말을 떠올렸다.

성공한 사람은 성공을 위해서 땀 흘리는 것일까.

E는 출근을 위해 식은땀을 흘렸고,

E는 출근을 위해 발목을 돌린 뒤 신을 신었다.

E는 출근을 위해 밖으로 나섰다.

하늘은 올려다보지 않기로 했다.

비슷한 속도의 우산들이 거리에 가득했다.

E는 눈을 감고 걷고 싶었다. 거의 충동이었다.

E는 어쩔 수 없다는 듯이 눈을 감았고, 전봇대와 쓰레기, 젖은 길, 빗물이 흐르는 단 하나의 방향, 비둘기, 갈색 개, 그 모든 것들이 더 명징하게 떠올랐다.

아아.

출근

출근길에 E는 출근하지 않기로 했다. 결심하고 나자 곧 뿌듯해졌다.

작가의 말

너무 가볍지도 무겁지도 않으려고 노력했다.
단편이 아닌 첫 글이었고,
끊임없이 마주하게 되는 모자람을 인정해야 했다.

해명될 수 없는 시간들, a의 행방과 가로등 아래에 비,
젖은 아스팔트와 장미에 대해서 아직 고민하고 있다.

2015년 11월

김엄지

오늘의
젊은 작가
08

주말, 출근, 산책: 어두움과 비

김엄지 장편소설

1판 1쇄 펴냄 2015년 11월 27일
1판 3쇄 펴냄 2019년 6월 5일

지은이 김엄지
발행인 박근섭·박상준
펴낸곳 (주)민음사

출판등록 1966. 5. 19. 제16-490호
주소 서울특별시 강남구 신사동 506 도산대로1길 62
(우편번호 06027)
대표전화 02-515-2000 | 팩시밀리 02-515-2007
홈페이지 www.minumsa.com

ISBN 978-89-374-7308-1 (04810)
ISBN 978-89-374-7300-5 (세트)